KB237082

나이트 킹

Knight King

FUSION FANTASTIC STORY

이모탈 판타지 장편 소설

나이트 킹 5
이모탈 판타지 장편 소설

초판 1쇄 찍은 날 § 2013년 5월 14일
초판 1쇄 펴낸 날 § 2013년 5월 21일

지은이 § 이모탈
펴낸이 § 서경석

편집부장 § 권태완
편집책임 § 박우진
디자인 § 이혜정

펴낸곳 § 도서출판 청어람
등록번호 § 제1081-1-89호
등록일자 § 1999. 5. 31
어람번호 § 제1-1599호

주소 § 경기도 부천시 원미구 심곡2동 163-2 서경B/D 3F (우) 420-822
전화 § 032-656-4452팩스 § 032-656-4453
http://www.chungeoram.com
E-mail § chungeorambook@daum.net

ⓒ 이모탈, 2013

ISBN 978-89-251-3289-1 04810
ISBN 978-89-251-3182-5 (세트)

5
[바이켄 왕국의 멸망]
나이트 킹
Knight King
이모탈 판타지 장편 소설
FUSION FANTASTIC STORY
도서출판 청어람

CONTENTS

CHAPTER
01
폴라리스 왕국의 선공 II

Knight King

　마리아 테레지아 백작이 블러디 로즈 혹은 장미의 기사라는 새로운 호칭을 얻게 될 즈음, 그녀와 별도로 움직인 베르누크는 노이슈반 성에서 약 50킬로미터쯤 떨어져 있는 던노타 성에 군진을 펼치고 있었다.

　병사들이 군진을 펼치기 위해 이리저리 부산하게 움직일 즈음 그들을 관리 감독하는 몇몇의 지휘관을 제외하고 모든 지휘관이 모여 공략 대상인 던노타 성을 바라보고 있었다..

　"성벽이 의외로 높고 견고하군."

　"던노타 성은 주변에 해자가 없는 대신 높고 견고한 성벽

과, 무려 50센티미터에 이르는 두꺼운 성문으로 유명한 곳이
옵니다."

"흐음, 방법이 있나?"

베르누크는 던노타 성을 설명하는 카림을 바라보며 물었다.
그에 카림은 고개를 주억거리며 별것 아니라는 듯이 말했다.

"일단의 정예 기사를 이용, 성벽을 타고 올라 경비병을 제
거한 후 성문을 여는 것이 가장 빠른 방법이옵니다."

그렇게 말하고 베르누크를 빤히 직시하는 카림이었다.

그것은 바로 그 정예를 베르누크가 인솔해야 한다는 무언
의 뜻이었다.

누가 있어 감히 일국의 국왕에게 그러한 일을 시킬까마는
카림은 그것이 가장 빠르고 최고의 효과를 볼 수 있는 방법이
라는 것을 알고 있었다.

그에 베르누크는 고개를 끄덕였다. 전혀 거리낌 없는 행동
이다. 다른 사람은 몰라도 베르누크이기에 가능한 일이었다.

하지만 가끔 그러한 상황을 제대로 파악하지 못한 사람이
꼭 있게 마련이다.

"무슨 그런, 국왕 폐하께서 직접 공성에 참여하시다니요.
그것도 정예를 대동한 채로 밤에 성벽을 넘는다니……."

그는 다름 아닌 우슬란 성에서 스스로 목숨을 버리고자 했
던 세바스찬 스탠 자작이었다. 그로서는 이해할 수도, 용납할

수도 없는 일이었다. 그러하니 펄쩍 뛸 수밖에 없었다.

"국왕 폐하께옵서 남의 집 담벼락 넘듯이 성벽을 넘다니요. 그것은 기사로서 명예롭지 못한 일이오."

펄쩍펄쩍 뛰는 세바스찬 스탠 자작이다. 하지만 스탠 자작의 노호성은 계속 이어지지 못했다. 그것은 베르누크의 말 때문이었다.

"폴라리스 왕국에서 내가 제일 강하오. 그러하니 가장 앞에 서는 것은 당연하오. 또한 아군 병사의 손실을 줄일 수 있다면 그보다 더한 일도 할 수 있소. 그리고 전쟁 중에 남의 집 담벼락 넘듯 성벽을 넘는 것이 기사답지 못한 행위라면 그런 기사의 명예는 개에게나 줘버리겠소."

"그……."

무언가 말을 하려던 스탠 자작은 더 이상 말을 이을 수가 없었다. 그것은 베르누크의 두 눈에 서린 결의 때문이었다. 그 어떤 말을 한다 하여도 절대 바꾸지 않을 그런 신념 같은 것이었다.

"작전은 오늘 자정을 기해 결행하겠소. 정예는 짐과 깁슨 남작을 비롯한 1백의 기사. 아드리안 백작과 스탠 자작은 언제든지 성문으로 짓쳐들 만반의 준비를 하도록 하시오."

"국왕 폐하의 뜻대로 이루어질 것이옵니다."

모두와 함께 스탠 자작은 마지못해 예를 올리고 막사를 벗어났다.

그로서는 도저히 이해할 수 없었다. 감히 생각지도 못했던 방법. 과거 우슬란 성에서 자신이 베르누크를 맞이한 것은 결코 우연이 아니라는 것을 알 수 있었다.

이런저런 생각을 하며 막사로 걸어가는 중 어깨에 누군가의 손이 얹히는 것을 느꼈다. 그에 퍼뜩 정신을 차려 바라보니 다름 아닌 클라우제비츠 후작이었다.

"아, 후작 각하!"

"무엇을 그리 고민하시오?"

카림이 한눈에 스탠 자작의 상태를 알아보았다. 스탠 자작이 우슬란 성 이후 폴라리스 왕국의 귀족이 되었다 하나, 실제 폴라리스 왕국에 대해 자세히 알지 못한다.

아니, 폴라리스 왕국에 대해 잘 모르는 것이 아니라 국왕에 대해서 잘 모르고 있었다.

베르누크의 옆에는 후작, 백작 등 대단한 신분의 귀족들이 항상 둘러싸여 있기 때문이기도 하지만 스탠 자작이 할 일이 별로 없기도 했으니까.

포로로 잡혀 폴라리스 왕국으로 국적을 바꿨다고 해서 바로 모든 것이 정상화되는 것은 아니니 말이다.

하니 실제 폴라리스 왕국의 국왕을 지근거리에서 본 것은 이번이 처음이라 할 수 있었다.

"도대체 이해를 할 수 없어서 그렇습니다. 어찌 일국의 국왕이……."

스탠 자작의 말에 빙긋 웃는 카림이었다.

이해할 수 없는 것이 당연했다.

카림은 부산하게 움직이면서도 거의 소리를 내지 않고 준비하고 있는 병사들을 바라보며 입을 열었다.

"스탠 자작은 저 병사들이 어떻다고 생각하시는가?"

뜬금없는 카림의 질문에 스탠 자작의 두 눈이 부산스럽게 움직이는 병사들을 바라보았다. 병사들은 땀을 뻘뻘 흘리면서 이리 뛰고 저리 뛰며 밤에 있을 전투를 대비하는 데 여념이 없었다.

하지만 불평불만을 내뱉는 병사는 한 명도 없었다. 우슬란 성에서도 그러하였고, 던가드에 머물 때도 그러하였으며, 이곳까지 쉬지도 못하고 빠르게 이동하면서도 그랬다.

보통의 병사라면 투덜거리기라도 할진대 어찌 된 일인지 스탠 자작은 그런 투덜거림도 들어본 적이 없다.

또한 한 명의 병사가 힘들고 지치면 다른 병사가 가진 짐을 나누어 끝까지 낙오하지 않고 보조를 맞추도록 서로 격려까지 했다.

"그러고 보니 저들은 한 번도 투덜거리지 않았습니다. 지금 보니 오히려 전투가 바로 코앞에 있음에도 불구하고 전혀 두려움을 찾아볼 수 없습니다."

"잘 보았네. 저들은 두려움이 없지. 그러면 저들이 원래부터 두려움이 없었을 것이라고 생각하나?"

"아닙니다."

"그러면 저들이 왜 두려움이 없다고 생각하는가?"

카림의 말에 답을 못하는 스탠 자작이다.

원래부터 두려움이 없었다는 것은 말이 안 된다. 두려울 것이다. 그렇지만 그 두려움을 이겨내고 있는 것이다. 일개 병사들이 말이다.

답을 찾고자 하는 스탠 자작을 보며 카림은 그를 이끌었다.

"가세나. 섞여서 점심이나 먹세."

"병사들과 말입니까?"

"그렇다네."

"어찌……."

귀족이 병사들과 섞여 식사를 같이 할 수 있느냐고 물어보려던 스탠 자작은 화들짝 놀라고 말았다.

지금까지 한 번도 볼 수 없었던 진귀한 광경을 보았기 때문이다. 그것은 바로 폴라리스 왕국의 국왕이 직접 식판을 들고 병사들과 섞여 배식을 받기 위해 줄을 서고 있었기 때문이다.

"저 모습을 한 번도 본 적이 없는가?"

"그, 그렇습니다."

"어찌 보지 못한 것 같은가? 국왕 폐하께옵서는 한 번도 배식에 빠진 적이 없으시거늘."

그러했다.

베르누크는 한 번도 배식에 빠진 적이 없었다.

물론 일국의 국왕이기에 중간에 병사들의 양보로 늦게 와도 앞줄에 서기는 했지만 베르누크는 항상 줄을 섰고, 병사들과 함께 배식을 받았다.

그런데 스탠 자작은 한 번도 그 모습을 본 적이 없다.

그는 귀족이기에 당번병이 직접 식사를 만들거나 혹은 시간이 없을 경우 배식된 식사를 그의 막사로 가져다주었기 때문이다.

그에 스탠 자작은 깨달을 수 있었다.

'그래서… 그래서 병사들에게 두려움이 보이지 않았구나. 일국의 국왕이 전장에서 가장 앞에 서고, 가장 많은 피를 보면서도 자신들과 똑같은 식사를 하고 똑같이 훈련을 하기에.'

스탠 자작이 그것을 깨닫고 정신을 차렸을 때 카림은 양손에 식판을 하나씩 들고 있었다.

"받게. 이제 자작도 폴라리스 왕국의 귀족이네. 폴라리스 왕국의 귀족은 국왕 이하 모두가 단승이라네. 한마디로 능력이 없으면 자네의 다음 대에는 귀족이라는 말을 들을 수 없다는 말이네."

카림의 말에 이제는 놀랄 정신도 없는 스탠 자작이다. 국왕으로부터 가장 총애받고 가장 지근거리에서 모시는 이가 직접 식판을 날라다 자신에게 건네주고 있다. 그것도 자작에게 말이다.

그에 스탠 자작은 엉겁결에 카림이 건네주는 식판을 받아들었다.

"다음부터는 자작이 직접 줄을 서고 배식을 받아야 할 것이네. 뭐 줄은 안 서도 될 것이네. 대충 병사들이 알아서 비켜주거든. 공인된 새치기지."

그렇게 말을 하고는 이미 바닥에 자리를 잡고 앉아 두 다리에 식판을 올려놓고 식사를 하고 있는 국왕의 곁으로 다가가는 카림. 그리고 그러한 모습을 그저 멀거니 바라보는 스탠 자작이었다.

뇌리에 떠오르는 하나의 생각에 그는 몸을 부르르 떨었다.

'아마 갈라진 제국이 하나로 합쳐 새로운 제국이 된다면 그 제국의 주인은 바로 폴라리스 왕국이 될 것이다.'

그리고는 식판을 들고 병사들 속으로 섞여 땅바닥에 털퍼덕 앉아 같이 식사를 했다.

그러한 자작의 모습에 신경 쓰는 병사는 없었다. 다만 귀족인지라 조금 조심하는 정도였다.

이런 일은 일상다반사인지라 별로 어색해하지도 않았다.

국왕마저도 전시에는 같은 식판에 땅바닥에 엉덩이를 대고 앉아 식사를 하는 판국에 자작이 어쩌겠는가?

"쓸 만하던가?"

"빠르게 적응하고 있사옵니다."

"뭐, 그래 보이네."

식판을 비우며 슬쩍 스탠 자작을 바라보며 심드렁하게 말하는 베르누크였다.

귀족이라면 아무래도 행정직이 맞을지도 모른다. 하지만 아무렇게나 배치할 수는 없었다.

병사보다 더 신경을 써야 하는 것이 바로 귀족들의 인사 배치였다.

병사들은 권력이 작으나 인사 배치가 끝난 귀족들은 그 가진 권한이 크다.

하니 그 검증이 쉬울 리도 없고 교육이 간단하지도 않다.

지금 스탠 자작은 인사 배치 이전에 폴라리스 왕국의 귀족으로서 지녀야 할 소양에 대한 교육을 받고 있는 것이다.

누가 이것이 교육이라며 가르쳐 주지 않는다.

겪어야만 한다.

직접 겪어야만 그 사람의 성격과 적성을 알 수 있다.

하지만 정작 당사자는 그것을 모르고 있었다. 그 시험과 교육은 본인이 인지하지 못할 정도로 은밀하게 파고들고 있었기 때문이다.

＊　　＊　　＊

달도 뜨지 않는 밤.

그 고요한 적막을 뚫고 일단의 인물들이 바이큰 왕국의 던노타 성을 향해 질주하고 있었다.

분명 빠르게 질주하고 있음에도 불구하고 일체의 잡음도 들리지 않았다.

이런 야밤에 움직이는 것으로 보아 당연히 좋은 일을 저지를 심산은 아닌 모양이지만, 그러함에도 불구하고 던노타 성으로 질주하는 이들은 복면조차 하지 않고 있었다.

다만 어둠에 동화되기 위해서인지 온몸을 새까만 색의 복장으로 두르고 있었다.

그렇게 빠르게 질주하여 거의 3, 4킬로미터의 거리를 단번에 주파한 그들은 던노타 성벽 바로 밑에 도착하였다.

'실프! 정찰!'

그들은 다름 아닌 베르누크와 그를 따르는 일백의 정예기사였다.

이런 일에 적격은 아무래도 바람의 정령이라는 듯이 성벽 아래에 도착하자마자 베르누크는 정찰 임무를 내렸다.

'중심점 좌 30미터, 우 15미터, 각 두 명.'

즉각 베르누크의 뇌리로 전해져 오는 실프의 의념.

'사일런스!'

베르누크는 마법을 발현시키며 품속에서 끝이 갈고리 모양으로 휘어진 밧줄을 꺼내 그것을 성벽을 향해 던졌다.

그러자 베르누크의 뒤를 따르는 일백의 기사 중 다섯 명이 동일한 방법으로 쇠갈고리가 걸린 밧줄을 성벽으로 던졌다.

'노움, 밧줄 잡아!'

터더더덕!

여섯 개의 쇠갈고리가 소리도 없이 성벽에 걸렸다. 그리고 무엇엔가 걸리듯이 단단히 고정되었고, 그 색마저 성벽의 돌과 같은 색으로 변했다.

줄을 한두 번 당겨보던 베르누크는 이내 완벽하게 걸렸음을 인지하고는 바로 밧줄을 타고 성벽을 오르기 시작했다.

마치 무언가 베르누크의 발을 떠받치고 있는 것처럼, 아니면 위에서 무언가 베르누크를 쭈욱 잡아당기는 것처럼, 밧줄을 잡고 오르는 것이 아니라 그의 신형을 위로 쭈욱 뽑아 올린 것 같았다.

'고맙다, 실프. 저놈들도 좀 도와줘.'

그 생각을 하기가 무섭게, 마나를 이용하여 수월하게 오르고 있다고는 하지만 베르누크에 비해 한참 느린 기사들의 신형이 쭈욱 뽑혀 오르더니 성벽 위로 올라섰다.

그러한 기사들은 영문을 모르겠다는 듯이 눈을 부릅떴다.

갑자기 몸이 알아서 저절로 성벽을 오르다니. 아니, 마치 누가 잡아당긴 것처럼 힘 하나 들이지 않고 성벽에 안착한 것이다.

그중 깁슨 남작의 놀람은 더하였다.

'이것도 마법인가? 마법이라는 것은 정말 대단하구나.'

정령술을 마법으로 오해하기는 했지만 어쨌든 베르누크로서는 좋은 일이다. 남이 모르는 자신만의 병기를 하나 더 가지게 되었으니 이런 경우는 오해가 오히려 득이 되는 경우라 할 것이다.

순식간에 일백 명에 이르는 기사가 성벽에 올랐고, 베르누크는 깁슨 남작에게 손가락으로 명령을 내렸다.

그러자 고개를 끄덕인 깁슨 남작이 베르누크의 반대편으로 움직여 나갔고, 절반의 기사들이 그를 따랐다.

그들이 어둠 속으로 사라지는 모습을 본 베르누크가 움직이기 시작했다.

그때 남은 50명의 기사의 뇌리에 작전 명령이 들려왔다.

해연히 놀라는 기사들이었지만, 자신들의 잣대로 국왕의 무위를 잴 수 없음을 알기에 그저 놀란 마음을 진정시키고 열 명씩 나누어 어둠 속으로 사라졌다.

베르누크를 따르는 아홉 명은 빠르게 움직이는 베르누크를 따르느라 땀이 다 날 정도였다.

평소 연무장에서 대련을 하던 것과는 천양지차의 속도를 보이는 베르누크였기 때문이다.

속도만 그렇다면 문제가 안 되는데 소리마저 들리지 않았다. 소리도 죽이고 시선을 속일 정도의 빠름에 혀를 내두를 수밖에 없는 베르누크의 움직임이었다.

이윽고 베르누크가 도착한 지점은 던노타 성의 북문. 검은 복장과 어울리는 빛 한 점 들어오지 않는 곳을 용케 찾아내어 몸을 은신한 베르누크였다.

'백열둘, 백열셋, 백열넷… 이백! 지금!'

"불이야! 창고에 불이 났다!"

때대대대대댕! 땡!

갑자기 내성에서 불이 났다는 소리가 던노타 성의 내성과 외성 전체로 전파되었다. 비상을 알리는 종소리가 급박하게 울리는 것을 보니 아마 불이 크게 난 것 같았다.

내성 문을 경비하던 병사들이 술렁였지만 불길을 막기에는 역부족이었다.

불이 점점 확산되어 커졌다.

잠들어 있던 던노타 성이 그 소란에 점차 깨어났다. 여기저기서 병사들이 부산하게 움직이며 불을 끄기 위해 바삐 움직이기 시작했다.

　그럼에도 외성 문을 지키는 병사들은 여전히 자리를 지키고 있었다.

　불은 내성에서 일어난 것이지 외성에서 일어난 것이 아니기 때문이다.

　시끄럽게 우왕좌왕하는 소리와 악다구니를 지르는 병사들, 화광이 충천하는 내성을 보며 혀를 끌끌 찰 뿐이다.

　"거참, 대체 불을 어찌 관리하기에 이 난리인 것이야?"

　"내성 놈들이 그렇지, 뭐."

　"그래도 그렇지, 폴라리스 왕국 놈들이 쳐들어왔다는데 무슨 제국 병사들도 아니고 저게 무슨 꼴이냐고."

　"누가 아니래?"

　이런저런 말을 주고받으며 보초를 서고 있는 병사들.

　이미 그들에게 있어서 성 밖을 경계해야 한다는 생각은 멀찌감치 달아나고 없었다.

　그 원인은 바로 폴라리스 왕국군이 예상보다 빨리 도착한데 기인할 것이다. 상식적인 수준에서 그들은 아직 충분히 여유가 있다고 생각하고 있기에 내성의 불이 기습이라는 생각은 전혀 못하고 있었다.

　하지만 모든 바이큰족의 병사들과 전사들이 지금의 병사들처럼 방심을 하고 있지는 않았다.

"이놈들! 경계를 서야 할 놈들이 이 무슨 잡담이더냐?"

그때 나타난 전사가 있었다.

경계를 서는 병사들보다 높은 계급인 듯하나, 바이큰족 특유의 가죽으로 된 레더 메일을 입은 것으로 보아서는 하위 전사인 듯 보였다.

그에 병사들은 재빨리 원래의 목적인 경계를 서기 위해 성 밖으로 시선을 돌리려 하였다.

하지만 그들이 시선을 돌리려는 찰나 무언가 어둠이 움직였다.

"저……."

"네 이놈들! 어서 경계를 서지 못할까?"

병사들이 자신이 나타났음에도 정신을 못 차리고 손가락질하며 놀리는 듯한 행동을 하자 하위 전사가 분노해 크게 소리를 쳤다.

그러함에도 그대로 굳어버린 듯한 그들을 보고 무언가 이상했는지 뒤로 몸을 돌리려 하였다.

서걱! 서걱!

하위 전사와 하위 전사를 수행하는 전사의 목이 떨어져 내렸다.

그와 함께 눈을 부릅뜨고 놀란 모습으로 손가락질하던 병사들의 목 역시 스르르 추락했다.

툭! 투두둑!

어둠 속에서 나타난 것은 거대한 할버드를 든 베르누크였다.

휙휙!

베르누크가 간단히 손짓하자, 두 명의 기사가 성문을 내리기 위해 도르래로 재빨리 이동했다.

다른 여섯 명은 사방으로 퍼져 혹시 올지 모를 병사들을 대비했다.

그들의 행동을 본 후 베르누크는 성탑에 올라 하늘을 향해 불화살을 날렸다.

'살라맨더, 불의 폭발!'

화르르륵! 슈우우웃! 파아아앙!

밤하늘에서 불의 비가 내렸다.

하지만 그것은 아주 잠깐의 현상이었다.

모든 눈이 내성으로 향한 지금 외성 하늘 높은 곳에서 불이 터졌다고 해서 그것을 주시하는 사람은 아무도 없었다.

불이 폭발하자 던노타 성 밖에서 어둠이 움직였다.

그 어둠은 마치 파도 같아서 순식간에 던노타 성의 북문과 남문을 점령하고 다시 동과 서로 나뉘어졌다.

그 기세가 어찌나 은밀하고 사납던지 외성의 네 성문을 지키는 병사들은 제대로 된 항거조차 못하고 모두 죽임을 당했다.

그리고 이어지는 그 검은 파도의 기세에 외성을 정리되는

데에는 불과 30분 남짓 걸렸을 뿐이다.

외성을 점령한 어둠.

그들은 다름 아닌 폴라리스 왕국의 병사들이었다.

그들은 외성을 점령한 후 잠시 경계가 소홀해진 내성 문을 향해서 득달같이 달려들었다.

그 가장 선두에는 여전히 베르누크가 있었다.

베르누크는 마치 하늘을 나는 듯이 내달려 뛰어올랐다.

"흐라얏! 부서져라!"

그가 할버드를 위에서 아래로 그어 내렸다.

그의 할버드에서 붉은빛이 쏘아지면서 내성 성문을 향해 날아갔고, 그 붉은빛은 성문 앞에서 커다란 소리를 내며 폭발했다.

쿠와아아아앙!

그와 함께 던노타 성의 사방에 울려 퍼지는 우렁찬 함성.

우아아아아아아!

그 함성은 여기저기서 죽어가는 병사들과 불똥을 튀며 부딪치는 병장기의 요란한 소리마저도 잡아먹었다.

그날 바이큰 왕국은 무려 다섯 개의 성이 한꺼번에 폴라리스 왕국의 손에 함락되었다.

겨우 20만에 이르는 병력으로 다섯 개의 성을 함락해 버린 것이다.

대륙은 경악하고야 말았다.

폴라리스 왕국의 전력이 강하다는 것은 알고 있었지만 이 정도일 줄을 몰랐던 것이다.

특히나 놀란 쪽은 바로 그러한 폴라리스 왕국을 직접 상대하고 있는 바이큰 왕국이었다.

"지금 뭐라 했는가? 다섯 개의 성이 함락돼?"

"…그렇사옵니다."

칼라한 바이큰 국왕의 눈빛이 매섭게 빛나며 세이건 군사장의 얼굴에 꽂혔다.

해명하라는 것일 게다. 하지만 세이건 군사장도 달리 해명할 길이 없었다.

어떻게 된 것인지 아직 상황 파악이 제대로 되지 않았기 때문이다.

그에 무거운 칼라한 바이큰 국왕의 목소리가 세이건 군사장의 귓등을 때렸다.

"듣자 하니 그것도 겨우 10만 정도의 병력에 함락당했다고 하더군. 그들이 출진했다는 소리를 들은 지 불과 열흘. 그런데 그 열흘 사이에 다섯 개의 성이 함락돼? 그리고 20만으로 알려진 그들의 전력이 어찌 10만으로 줄었나?"

숨 쉴 틈도 없이 물어대는 칼라한 바이큰 국왕의 노호성에 군사장인 세이건은 꿀 먹은 벙어리처럼 아무 말도 못하고 있었다.

칼라한 바이큰 국왕이 분노한 만큼 그 또한 당황하고 있었기 때문이다.

있을 수 없는 일이 일어난 탓이다.

검은색 천으로 꽁꽁 가려져 있던 폴라리스 왕국군의 전력은 그야말로 하늘이 놀라고 땅이 갈라질 정도로 대단하였다.

그리고 또 하나 주목해야 할 점은 10만의 남은 병력이 대체 어디로 사라졌는가 하는 것이다.

보고된 폴라리스 왕국군의 움직임은 전혀 없었다.

왠지 무서운 무언가가 뒷목을 잡고 있는 것 같은 서늘함을 느끼는 세이건 군사장이었다.

"뭐라고 말 좀 해보지?"

어느새 분을 가라앉혔는지 왕좌에 털썩 주저앉아 세이건 군사장을 바라보는 칼라한 바이큰 국왕. 그의 눈은 지독히도 차갑게 가라앉아 있었다.

"적의 의도를… 알 수가 없습니다."

그에 칼라한 바이큰 국왕은 말없이 세이건 군사장을 바라보았다.

이런 경우는 처음이다.

언제나 냉정하게 사태의 추이를 바라보고 그 해답을 도출해 내던 군사장이다.

"……."

칼라한 바이큰 국왕은 말없이 기다렸다.

지금은 시간이 필요했다. 정리할 시간이 필요했고, 빠뜨린 정보를 취합할 시간이 필요했고, 결과를 도출해 낼 시간이 필요했다.

칼라한 바이크 국왕의 막사는 적막에 휩싸였다.

누구 하나 먼저 입을 여는 자가 없었다. 마치 입을 열지 않기로 결의라도 한 듯이 말이다.

하룻밤을 꼬박 새운 후 드디어 세이건 군사장의 입이 열렸다. 하룻밤 새 군사장 세이건의 머리는 새하얗게 변해 버렸고, 얼마나 심력을 썼는지 입술은 하얗게 떠 있다.

그가 입을 열었을 때는 입술이 찢어지며 가늘게 선혈까지 비쳤다.

"그들의 전력이 의외이긴 하옵니다만 막지 못할 정도는 아니라고 판단되옵니다. 아직 아국에는 국왕 폐하께옵서 계시오며 대전사가 있사옵니다. 그리고 그들의 나머지 반은 아무래도 왕도로 가지 않을까 생각되옵니다."

"왕도라……."

톡! 토옥! 토옥!

다시 말이 없다.

적막 대신 책상을 두드리는 소리만 막사 안을 가득 메우고 있다. 그러기를 한참, 칼라한 바이큰 국왕의 입이 열렸다.

"우린 왜 그들의 종적을 찾을 수가 없었지?"

"…아마도 군으로 움직이는 것이 아니라 용병이나 상인, 혹은 유민으로 변장했을 수도 있사옵니다."

"대책은?"

"북쪽은 대전사에게 맡기고 국왕 폐하께옵서 직접 미끼가 되어 그들을 유인하셔야 하옵니다."

국왕에게 미끼가 되라 한다.

실로 대담하기 그지없다. 하지만 군사장인 세이건의 그러한 발언에도 불구하고 오히려 입가에 가느다란 미소마저 짓고 있는 칼라한 바이큰 국왕이다.

"그 외에는?"

"북쪽에서 내려오는 적을 깊숙이 끌어들여야 하옵니다. 물론 절대로 눈치채지 못하게 끌어들여야 하옵니다."

"어떻게?"

"실제 싸우면 되옵니다. 아주 처절하게 말입니다."

세이건 군사장의 말뜻을 이해한 칼라한 바이큰 국왕은 지금 웃고 있었다.

흰 이를 모두 드러내고 소리없이 웃고 있었다.

군사장인 세이건의 계략이 마음에 들어서일 것이다.

하지만 세이건은 알고 있었다. 칼라한 바이큰 국왕의 웃음은 자신의 계략이 마음에 들어서가 아니라 무수히 많은 피를 요구하는 계략을 만들어낸 세이건의 머리와 세이건의 마음가짐에 크게 기꺼워하고 있는 것이다.

"깨어난 것을 축하하노라, 나의 오랜 친우인 미하일로스 세이건이여. 크크크."

그렇게 말하는 칼라한 바이큰 국왕의 눈동자는 붉게 물들어갔고, 그것을 말없이 바라보는 군사장 세이건은 하얗게 변해 버린 머리카락만큼이나 하얗고 딱딱한 얼굴이 되어갔다.

'발을 적시는 것이 아니라 이미 온몸을 담그고야 말았구나, 이 미련한 미하일로스 세이건이여.'

스스로를 미련하다 자책하는 세이건이다.

미련해도 너무나 미련했다. 아니, 미련했다기보다는 갑자기 가슴이 답답해 옴을 느끼는 세이건이었다.

지금껏 자신이 칼라한 바이큰 국왕에게 조언했던 모든 것이 한순간에 무너지는 것 같았다.

하나, 이미 엎질러진 물이었다.

칼라한 바이큰 국왕은 무엇이 그리 재미있는지, 머리가 하얗게 새고 찐득하고 비릿한 피의 바다에 온몸을 적시고 있는 세이건을 바라보고 있었다.

CHAPTER
02
청혼?

Knight King

"다음은 어디지?"

"멜핀, 토리노, 엔질러스, 네싱튼, 카잘스입니다."

"바이큰 왕국의 대응은?"

"필사적이기는 한데……."

말끝을 흐리는 카림.

이번에는 무언가 꺼림칙하다는 표정이다. 그에 베르누크
는 조용히 카림의 다음 말을 기다렸다.

"왠지 무언가 꺼림칙합니다."

"꺼림칙하다?"

“그렇습니다.”

“꺼림칙하다…….”

이번에는 베르누크가 말끝을 흐렸다.

카림이 꺼림칙하다는 것은 무언가 상당히 위험한 징조라 할 수 있었다.

당대 현자의 탑의 탑주마저 진의를 파악하지 못하고 그저 무언가 이상하게 돌아간다는 것만 느낀다는 것은 그만큼 은밀하게 진행되고 있다는 것을 의미했다.

해서 베르누크는 전쟁의 전체적인 상황을 뒤돌아보았다.

처음 던가드에서 출발하여 다섯 개의 성을 점령할 때부터 들어온 정보와 정식적인 보고를 하나둘 되짚어보았다.

그러기를 한참, 서로 상대를 앞에 두고 무언가 깊이 생각하고 있던 둘은 번쩍 고개를 들어 서로를 바라보았다.

하지만 무언가를 답을 알아낸 것 같으나 결코 밝은 표정은 아니었다.

“방심을 유도하는 것인가?”

“유인 작전일 수도 있습니다.”

베르누크와 카림 두 사람은 동시에 입을 떼었다.

작전에 있어서 다른 말이지만 같은 결과를 도출해 낼 수 있는 말이었다.

그에 둘은 서로의 얼굴을 바라보며 무겁게 고개를 끄덕였다.

딱딱하게 굳은 얼굴.

무언가 심상찮은 얼굴을 하고 있는 베르누크와 카림이었다.

둘의 침묵은 다시 한참 동안 지속되었고, 이윽고 베르누크가 먼저 착 가라앉은 목소리를 내었다.

"적이 우리 작전을 꿰뚫어볼 가능성이 있을까?"

"십 중 팔일 것입니다."

"우연일 수도 있지 않을까?"

"그렇다고 치부하기에는 너무나도 공교롭습니다."

공교롭다는 말이 맞을 것이다.

전격적으로 남진을 한 지 불과 두 달.

그동안 폴라리스 왕국군은 요란하게 진격하며 바이큰 왕국 북부에 산재한 대부분의 성을 점령했다.

점령한 성이 무려 열세 개에 이른다.

하지만 폴라리스 왕국의 승전만큼이나 바이큰 왕국의 저항도 만만치 않았다. 그만큼 치열했다 할 것이다.

강력한 저항과 함께 치열하게 전개되는 전쟁만큼이나 세간의 시선을 붙잡아두는 데는 성공했다.

그런데 첫 다섯 개의 성을 제외하고는 분명 더 치열해졌음에도 불구하고 바이큰족의 전사들은 볼 수 없었다.

정예를 아끼는 차원이라고 생각할 수도 있겠으나, 그렇게 생각하기에는 북부의 절반 가까이 되는 성을 버리는 것은 너무나도 큰 부담이다.

그러한 과도한 위험부담을 안고 정예 전사를 철수시킨 이유가 공교롭다는 것이다.

마치 폴라리스 왕국이 어떤 작전을 펼칠지 알고 있다는 듯한 그러한 인상을 지울 수 없었다.

만약 그렇다면 가장 문제가 되는 것은 지금 시선을 끌고 있는 본대가 아니라 우회하는 병력이다.

만약 그들이 이번 우회 작전을 어느 정도 인지하고 있다면 그것은 시작도 하기 전에 계획이 틀어지고 폴라리스 왕국은 자멸할 수밖에 없기 때문이다.

"우회 병력은……."

"회군시켜야 합니다."

베르누크의 말에 카림이 입을 열었다. 그에 베르누크는 카림의 얼굴을 바라보았다. 카림의 입이 떨어진 이상 그냥 회군시키지 않을 것임을 느끼고 있기 때문이다.

턱!

그리고 카림이 지도의 한 부분을 짚었다. 베르누크의 시선이 카림이 지적한 지점을 바라보았다. 정보에 따르면 적의 대전사가 병력을 모으고 있는 지점이다.

"발자크 평원인가?"

“그렇습니다.”

“어차피 그곳에서 1차전이 벌어지겠지. 진정한 전투가 말이야. 그런데 그곳은 왜?”

의문이 드는 베르누크였다.

하지만 카림은 대답 대신 의미심장한 웃음을 지어 보였다. 잠시 멀뚱히 그 모습을 지켜보던 베르누크 역시 희미하게 웃음을 떠올렸다.

“뒤를 잡자는 말이로군.”

“그렇습니다.”

“어차피 상인이나 용병으로 잠입한 그들이니 왕도를 포기하고 뒤를 잡는 것도 무난하겠군. 진격 속도야 이제 조금 쉬엄쉬엄 진격해도 되고.”

“맞습니다.”

척하면 착이다.

작전을 계획하는 것이 참으로 편했다. 길게 설명할 필요가 없었다.

가끔은 오히려 카림 자신보다 더 훌륭한 계책을 생각해 내는 세상의 유일의 마스터이니까.

“이것저것 준비할 게 많지 않나?”

“진격 속도를 제외하고는 별로 준비할 것이 없습니다. 대신 이번에는 힘으로 진격하기보다는 머리를 써서 진격해야 할 것입니다.”

카림이 자신의 머리를 검지로 톡톡 두드리며 말했다. 그에 단박에 그 뜻을 알아차린 베르누크가 너털웃음을 지었다.

“그렇군. 이미 전사들은 다 빠져나갔으니 말이야.”

“그도 그렇지만 이번에는 다른 작전을 펼칠까 합니다.”

“다른 작전?”

“그렇습니다.”

의미심장하게 웃으면서 말을 받는 카림이다.

예전에는 몰랐는데 갈수록 능글맞아 가는 카림이다.

그에 베르누크가 카림을 재촉했다.

“안달 나게 하지 말고 말해봐.”

“바로 테레지아 백작을 이용하는 겁니다.”

“뭐? 테레지아 백작을 이용해?”

갑자기 큰 소리를 내는 베르누크였다.

마음이 없다면 모를까, 이미 자신의 마음을 아는 카림이 이용한다는 말을 하자 살짝 삐친 것이다.

전쟁이기 때문에 어쩔 수 없이 그녀를 일군의 지휘관으로 임명하였지만, 역시 탐탁한 것은 아니었다.

하지만 베르누크는 그녀가 천생 기사라는 것을 알기에 그냥 묵인하고 지휘관으로 임명하였고, 관심 없는 척하며 정령술을 가르쳐 주었으며, 언제나 그녀 곁을 맴돌며 멀리 두지 않았다.

그것을 아는 카림이 이용하겠다고 말하자 발끈한 것이다.

하지만 카림은 전혀 두려워하는 기색이 없었다.

오히려 재미있다는 듯이 베르누크를 바라보고 있다.

"끄응. 답답하게 하지 말고 말해봐."

그에 베르누크는 앓는 소리를 내며 카림의 계책을 재촉하였다.

"하핫! 그러겠습니다. 여기서 테레지아 백작을 이용하고자 하는 것은 바로 그녀의 명성 때문입니다."

"명성이라……."

실제 테레지아 백작의 명성은 이번 전쟁을 치르면서 대륙 곳곳에 알려져 있었다.

기사들에게는 경외의 대상이었고, 답답한 가문에 갇혀 벽장 속의 꽃처럼 한숨을 내쉬는 귀족가의 영애들에게는 그야말로 선망의 대상이었다.

이미 대륙의 음유시인들은 앞다투어 테레지아 백작을 노래하였고, 이 난리통에도 테레지아 백작 앞으로 수많은 연서가 날아오고 있는 판국이다.

그중에는 물론 기사나 귀족가의 자제도 있지만 상당히 많은 수의 연서가 귀족가의 여식에게서 온 것이다.

물론 테레지아 백작은 일고의 가치조차 없다 하여 오는 족

족 불태워 버렸지만 그러면 그럴수록 그녀의 명성은 높아만
갔다.

이번 전쟁을 계게기로 그녀는 이미 마스터라 불리고 있었
다.

그녀의 전투를 보기 위해 위험을 무릅쓰고 병사로 지원한
음유시인이 있기 때문이다.

그리고 스물한 개의 성을 공략하면서 그녀는 진신이 실력
을 유감없이 발휘하였다.

거친 대평원의 전사를 두 조각 내고, 하잘것없는 실력으로
군림하는 귀족들과 기사들의 피를 뒤집어썼다.

장미의 기사 마리아 테레지아 백작.

그 이름 하나만으로도 그 파괴력은 대단했다.

베르누크는 고개를 끄덕였다. 그녀의 명성이라면 지금 자
신보다는 못할지라도 귀족가의 영애나 답답함을 토로하고 있
는 귀부인들의 마음을 움직이기에는 충분했다.

비단 그들뿐만이 아닐 것이다. 평민도 마찬가지다.

모든 여인에게 테레지아 백작은 선망의 대상이라 할 수 있
었다. 이 세계의 절반을 차지하는 것은 바로 여자이니까.

그 절반을 명성 하나로 움직일 수 있는 자가 바로 테레지아
백작이었다.

"어떻게?"

결국 베르누크의 입이 열렸다.

카림이 마치 어린아이가 치기 어린 장난에 이겼다는 듯이 흡족한 표정을 지어 보였다.

"쿵. 웃지만 말고 답을 해, 답을."

그에 퉁명스럽게 말을 재촉하는 베르누크였다.

실로 허물없는 주종 간이라 할 것이다. 마치 친구와 같은 그런 주종 간 말이다.

"크흠. 간단합니다. 테레지아 백작이 그 연서에 답을 해주시는 겁니다. 다만 답의 내용이 좀 다르지 않을까 합니다."

"답의 내용이 다르다……."

베르누크는 무엇이 연상되는지 턱을 매만지며 싱긋 웃었다.

그런 방법이 있었다. 그들을 선동하는 것이다.

어차피 베갯머리송사라는 말이 있다. 역사는 밤에 이루어지는 법이다.

평민이든 귀족이든 상관없다. 테레지아 백작에게 날아오는 연서는 평민과 귀족을 가리지 않으니 말이다. 물론 혼자 쓸 일은 없다. 군사부가 괜히 있는 것은 아니니까.

"다만……."

"다만?"

왠지 불안한 카림의 말에 불현듯 카림의 말을 따라 하는 베르누크였다.

"이 작전에 관련하여 테레지아 백작의 허락을 득해야 합니다. 그리고 그 역할은 아무래도 국왕 폐하께서 담당하셔야 할 것 같습니다."

"크흠, 흠. 그, 그러지, 뭐."

슬쩍 미룬다.

베르누크는 알면서도 슬쩍 받았다.

어떻게 된 게 테레지아 백작은 전투가 작전 회의를 제외하고는 거의 만나지 못했다.

그렇다고 베르누크가 일부러 그녀를 찾아가는 그런 능숙한 성격도 못되었다.

'연애도 전쟁만큼만 능숙하게 하면 얼마나 좋아.'

당대 현자의 탑의 탑주이며 총군사장 자리에 있는 카림은 답답한 마음에 숙맥 같은 자신의 마스터를 위해 다리 역할을 자청한 것이다.

"그, 그럼, 난 뭐……."

그렇게 말하며 의자에서 엉덩이를 슬쩍 떼는 베르누크였다.

빨리 테레지아 백작을 보고 싶은 마음일 게다.

뭐 물론 안 봐도 훤하다. 막상 앞에 가서는 작전 이야기만 하고 돌아올 것이라는 것을 말이다.

하지만 그렇게 자주 보다 보면 달라지지 않을까 생각했다. 자주 보면 편해지니까.

'피를 흘리는 전장에서도 꽃은 피는구나.'

휘적휘적 걸어 나가는 베르누크의 뒷모습을 보며 카림은 환하게 웃었다.

전쟁은 무서운 것이다. 인간의 정신을 피폐하게 만드니 그만큼 무서운 것도 없을 것이다.

자신이 보는 마스터는 지난 몇 십 년간 쉼없이 달려왔다. 실로 강철 같은 의지의 소유자라 할 것이다.

하지만 그에게도 휴식은 필요하였다. 그 휴식이자 안식처가 바로 테레지아 백작이기를 빌었다.

카림 자신만큼이나 국왕 폐하의 성격을 확실하게 꿰뚫고 있는 사람은 없을 것이다. 반평생을 같이 지내온 부탑주인 제레미 웹 백작보다 자신이 국왕 폐하를 더 잘 알 것이다.

지금의 국왕 폐하는 고독했다. 모든 것을 홀로 감내하는 만큼 고독했다. 피의 진창에 온몸을 담그고 나와 쉴 수 있는 공간이 필요했다.

그러한 국왕 폐하가 유일하게 설레고 기뻐하며 행복해할 수 있는 이가 바로 테레지아 백작 말고는 없다.

그러한 카림의 생각을 아는지 모르는지 베르누크는 약간은 흥분한 얼굴로 진중을 걸어가고 있었다.

그리고 그의 손은 연신 무언가를 만지작거리고 있었다.

'되, 될까? 돼야 하는데……. 아, 떨리네.'

이런저런 생각을 하며 가볍지 않은 발걸음과 밝지 않은 얼굴로 테레지아 백작이 있는 막사로 향했다.

마침내 테레지아 백작이 보였다.

"흐우웁! 하아!"

크게 숨을 들이켰다 내쉰 베르누크는 가슴을 펴고 당당하게 테레지아 백작이 있는 곳으로 다가갔다.

그에 인기척을 느껴서인지 테레지아 백작의 시선이 베르누크에게로 향했다.

"대륙을 아우르는…….."

"아, 됐소!"

"국왕 폐하를 뵙습니다."

기나긴 앞 구절을 막아버리는 베르누크였다.

그에 테레지아 백작은 그럴 줄 알았다는 듯이 즉각 간단한 말과 함께 기사로서, 또한 충실한 가신으로서의 예를 취했다.

"진척은 좀 어떻소?"

"쉽지만은 않습니다."

전투를 수행하면서 테레지아 백작의 정령력은 크게 상승하였다.

덕분에 최하급이었던 정령은 하급을, 하급이었던 정령은

중급을 소환할 수 있게 되었다.

테레지아 백작의 정령력이 이리도 빠르게 상승하는 것은 역시 베르누크 덕분이라 할 것이다.

"다급하게 생각하지 마시오. 정령력 역시 검술과 다르지 않으니 말이오."

"명심하겠습니다."

"그리고, 이번 작전에 관하여 백작에게 허락을 구해야 할 것이 있소."

"……?"

의문의 빛을 띤 테레지아 백작.

베르누크는 카림과 세웠던 자신의 작전 개요를 설명해 주었다. 작전을 설명해 주면서도 연신 테레지아 백작의 얼굴을 살피는 베르누크였다.

일단 표정은 별반 달라지지 않았다. 불쾌하다거나 혹은 수긍하지 못하겠다거나 하는 표정은 아니었다.

그에 안도한 베르누크는 가감 없이 작전을 설명했다.

다른 이라면 이렇게 조심스러워할 필요도 없다. 다만 상대가 테레지아 백작이기 때문에 이렇게 조심하는 것이다.

모든 작전에 대한 설명이 끝나자 테레지아 백작은 고개를 끄덕이며 수긍했다. 피를 보지 않는 방법이라면 기사로서도 거리낄 것이 없었기 때문이다.

“피를 흘리지 않고 전쟁에 승리할 수 있다면 그보다 더한 일도 할 수 있습니다.”

“고맙소.”

테레지아 백작의 말에 활짝 웃는 베르누크였다. 이상하게 테레지아 백작 앞에 있으면 평소 드러내지 않던 감정을 드러내는 베르누크였다.

오히려 그것이 둘의 진도에 문제가 되고 있음에도 불구하고 말이다.

“아! 그리고 이것…….”

“무엇입니까?”

베르누크가 내민 조그마한 상자. 오랫동안 손때가 묻은 낡은 조그마한 상자였다.

뜬금없이 내밀어지는 상자에 테레지아 백작은 그저 물끄러미 바라보기만 했다.

그러나 이내 무언가에 이끌리듯 그 상자를 받아 들었다. 마치 당연하다는 듯이 말이다. 테레지아 백작도 자신이 왜 이 조그마한 상자를 받는지 몰랐다.

다만 손이 갈 뿐이다. 마음도 갔다.

낡디낡았지만 왠지 모르게 푸근하게 느껴지는 손때 묻은 조그마한 상자에 마음이 가서 스스럼없이 받았다.

“커, 커흠. 그, 그럼 이만…….”

그와 함께 뒷걸음질 치며 어색한 미소를 짓는 베르누크였다.

그 순간 테레지아 백작의 얼굴이 상기되었다. 왠지 대단히 중요하고 소중한 것을 받은 것 같은 느낌이 들었기 때문이다.

그렇게 사라지는 베르누크를 바라보며 한참 동안 멍하니 서 있던 테레지아 백작은 이내 상자를 열었다.

그 안에는 아름답게 커팅이 된 다이아몬드 목걸이 담겨져 있었다.

"……!"

테레지아 백작의 눈이 커지면서 기묘한 표정이 되었다.

그것은 바로 다이아몬드가 뜻하는 바 때문이다.

다이아몬드는 변치 않는 사랑, 혹은 영원한 사랑을 의미한다.

청혼이다.

보석의 왕이라 칭해지는 다이아몬드는 바로 청혼을 의미했다.

그리고 보석함이 손때가 묻었다는 것은 가문에서 내려오는 보석이라 할 수 있을 것이다.

그때 테레지아 백작의 귀에 들리는 소리가 있었다.

"국왕 폐하의 어머니께서 착용하셨던 것이라 하오."

테레지아 백작의 눈이 목소리의 주인공을 바라보았다.

카림이다.

하지만 테레지아 백작이 본 것은 카림의 등이었다. 그 역시 그 말만 남기고 휘적휘적 걸어가 버린 것이다.

피식!

그에 가늘게 웃음 짓는 테레지아 백작이었다.

그녀는 조심스럽게 목걸이를 목에 걸었다. 그리고 하늘을 바라보았다.

오른손으로는 조심스럽게 목걸이에 박힌 다이아몬드를 어루만지면서 말이다.

"멋대가리 없기는……."

CHAPTER
03
깨어나라!
잠들어 있는 자들이여!

Knight King

본 작은 대 폴라리스 왕국의 왕도 방위사령관이자 대 바이큰 정복전쟁의 제9군단의 지휘를 맡고 있는 마리아 테레지아 백작이라 한다.

그대들이 업신여기는 여인으로서, 그대들이 눈엣가시처럼 여기는 여귀족으로서, 하나 가슴 깊숙이 뜨거운 열정을 가진 모든 이를 대변하는 자로서 이르노라.

깨어나라! 잠들어 있는 자들이여!

힘이 없다 하여, 신분이 천하다 하여, 벽장의 꽃이라 하여 깊고 깊은 심연 속으로 빠져들어 드러나지 않는 자들이여, 깨어나라.

제국을 위하여, 왕국을 위하여, 가문을 위하여 깨어나라 하지 않는다.

잠들어 있는 자들이여!

그대들은 그대들이 살아온 과정을 다시금 생각해 본 적이 있는가? 그대들이 살아온 과정 중 타인을 위한 삶이 아닌 자신을 위해 살아온 적이 있는가?

묻겠다.

내가 없으면 과연 가문이, 왕국이, 제국이 있을 수 있다고 생각하는가? 어떠한가?

언제까지 잠들어 있을 것인가? 언제까지 희생할 것인가?

능력이 있음에도 타인을 위해 능력을 발휘하지 못하고, 능력이 있음에도 신분의 벽에 가로막힌 자들이여.

이제는 깨어나야 하지 않겠는가?

그 누구를 위해서도 아닌 힘없이 스러질 그대들의 운명을 거슬러 스스로를 위해서 깨어나야 하지 않겠는가?

나는 깨어났다.

나 스스로는 깨어나지 못했으되, 대 폴라리스 왕국의 국왕 폐하께옵서 나를 깨어나게 했다.

가장 앞에서 싸우고, 가장 많은 죽음을 선사하고, 가장 많은 피를 마시는 대 폴라리스 왕국의 국왕 폐하께옵서 나를 깨어나게 했다.

그래서 나는 싸운다.

붉디붉은 피처럼 찬란한 장미의 기사라는 호칭을 얻은 나는 나를 위해 싸운다.

내 꿈을 실현하기 위해 그대들이 무서워 몸을 숨기고, 그대들이 숨조차 내쉬지 않을 때 나는 검을 들고 그들의 가슴에 검을 박아 넣고 있다.

나와 싸우지 않겠는가?

심연처럼 깊은 잠에서 깨어나 나와 함께 대륙을 달려보지 않겠는가?

나와 함께 대륙을 질타하겠다면 기다리겠다.

나는 대 폴라리스 왕국의 제9군단 군단장으로서 외친다.

깨어나라! 잠들어 있는 자들이여!

그리하여 크게 외쳐라.

내가 살아 있음을.

히르센 왕국에, 이스턴 왕국에 동시다발적으로 벽보가 붙었다.

어떻게 그러한 것이 가능한지는 알 수 없었다.

하지만 분명한 것은 이 벽보는 바이큰 왕국을 비롯하여 이스턴과 히르센 왕국까지 붙었다는 것이다.

물론 오래가지는 못했다.

겨우 하루나 이틀.

하지만 그 하루 이틀 사이에 걸린 벽보의 효과는 그 누구도 예상하지 못할 정도로 파급력이 높았다.

평민뿐만 아니라 노예에게도, 기사에게도, 귀족에게도 테레지아 백작의 뜻은 확실하게 전달되었으니 말이다.

각 왕국의 왕실은 이 벽보의 파급효과를 예상하지 못했다.

단순히 폴라리스 왕국의 여백작의 일갈이라고만 치부하고 부리나케 치우기는 했지만 그 단순하게 생각했던 일갈은 바이큰과 이스턴, 그리고 히르센 왕국의 남녀노소를 가리지 않고 가슴에 불을 지르고야 말았다.

*   *   *

"깨어나라……."

한 명의 늙은 기사.

그가 이리저리 찢어진 벽보를 들고 고민하고 있다.

단정하게 빗어 넘긴 머리와 희끗한 구레나룻이 인상적인 기사는 투박한 손에 들린 벽보의 문구를 되뇌고 있었다.

만지작만지작.

그 늙은 기사는 한참 동안이나 그 너덜거리는 방문을 만지작거렸다.

오랜만에 심장이 뜨거워지고 있음을 느끼는 늙은 기사였다.

심장이 뜨거워지고 있다 함은 아직 삶을 영위해야 할 시간이 있음을 말하는 것이리라.

저벅저벅!

그러한 그의 귓가에 여러 사람의 발걸음 소리가 들려왔다.

그들은 다름 아닌 자신과 오랫동안 생사를 같이했던 친우들과 부하들이었다.

그러한 그들이 완전무장을 하고 몇 십 킬로미터의 거리를 단숨에 달려왔다.

그들의 손에는 늙은 기사와 다르지 않은 벽보가 들려져 있었다.

그들이 다가오고 있음에도 불구하고 여전히 너덜너덜해진 벽보를 만지작거리고 있는 늙은 기사.

"여어, 제라르! 오랜만이야!"

"스톤 단장님, 오랜만입니다."

자신을 부르는 소리.

그제야 만지작거리던 벽보를 내리며 웃고 있지만 무언가 비장함을 느끼게 하는 그들의 행동이다.

그것은 바로 그들의 손에 들려져 있는 자신과 똑같은 벽보 때문이었다.

자신은 망설이고 있을 때 저들은 이미 모든 것을 버리고 이곳으로 달려온 것이다.

　그들을 바라보는 늙은 기사의 자글자글한 눈가의 주름이 미미하게 떨렸다.

　"안 가려나?"

　자신의 50년지기인 할벤이 물어왔다. 그러한 그를 물끄러미 바라보는 늙은 기사.

　"단장님께서는 늘 입에 달고 사셨습니다. 기사는 기사다워야 한다고."

　이번에는 자신이 단장으로 있을 때 가장 자신을 따랐던 기사 식스토였다.

　그는 여전히 자작가의 기사로 있다. 하지만 그는 그 안온한 자리를 박차고 나왔다.

　그에 늙은 기사가 싱긋 웃었다.

　"가지!"

　"당연한 말을 너무 뜸들이고 하는군."

　"하하하하."

　제라르를 비롯한 여남은 명의 기사들이 득달같이 말에 올라타며 호탕하게 웃었다.

　그들은 몇 년 만에 이리도 크게 웃어보는지 몰랐다.

　제국이 멸망하고 사국으로 찢어져 신음한 지 어언 6년.

　그동안 웃을 일이 없었다.

　그들은 항상 마스터를 위하고, 가문을 위했으며, 왕국을 위하고, 제국을 위했다.

하지만 돌아온 것은 온몸의 뼈마디가 없어질 정도의 극심한 공허함과 허탈감이었다.

그 지독한 공허함과 허탈감은 자괴감으로 연결되고, 평생을 같이하던 검을 손에서 놓게 만들었다.

그런데 이런 말도 안 되는 이상한 벽보가 나붙었다.

평생을 마스터를 위해 검을 들었던 자신들에게 자신을 위해 검을 들라는 말도 안 되는 이상한 벽보.

하지만 공감이 갔다.

딱딱하게 굳고 얼음처럼 차갑던 심장에 활활 타오르는 지옥의 유황불을 집어 던져 버렸다.

그래서 고민했지만 테레지아 백작을 믿기로 했다.

아니, 그녀가 속한 폴라리스 왕국을 믿기로 했다.

제국의 마스터인 구데리안 공작이 있고, 그와 버금가는 베인 후작이 있으며, 유일한 7서클 대마법사가 있는 폴라리스 왕국을 말이다.

그리고 하나 더.

나이트 킹을 보고 싶었다. 기사 중의 기사라는 나이트 킹을 말이다.

바이큰 왕국의 또 다른 장소.

그곳에서도 또 한 명의 귀족이 벽보를 손아귀에 쥐고 있었
다.

그 손은 투박한 남자의 손이 아닌 매끄럽게 잘 다듬어진 여
인의 손이었다.

"마리아 테레지아 백작……."

그녀의 입에서 흘러나온 이름.

네 개의 왕국을 뛰어넘어 이제는 대륙에 진동하는 여류 마
스터.

비릿하고 검붉은 색을 띠는 장미의 기사라 일컬어지는 그
녀.

그녀가 작게는 바이큰 왕국의 여인들에게, 크게는 과거의
제국 여인들에게, 더 크게는 이 대륙의 여인에게 호령하고 있
었다.

일어나라고, 껍질을 깨고 태어나라고 말이다.

한 번도, 진정 한 번도 그러한 것을 생각해 본 적이 없다.

귀족가의 여자로서 당연히 그러해야만 하는 줄 알았다.

지금 자신의 손에 들린 문구는 정말로 생소했다.

한데 왠지 모르게 가슴 저 밑에서부터 일어나는 이 기이한
열기는 대체 무엇일까? 자신에게도 꿈이 있었을까?

귀족가의 정략결혼으로 결혼을 하고, 아기를 낳고, 귀족가
의 안주인으로서 남편을 뒷바라지하고, 아이들을 훌륭하게

성장시키는 것만이 자신이 가진 꿈이었을까?

그때 문을 열고 들어오는 이가 있었다.

바이큰 왕국의 하이렌 백작가의 장녀이자 불과 한 달 후면 드라실로 백작가의 차남과 결혼을 하게 될 딸 클라라였다.

그녀의 손에도 역시 예외 없이 벽보가 들려 있었다.

하이렌 백작 부인은 직감할 수 있었다. 자신의 딸은 결혼을 원하는 것이 아니라는 것을 말이다.

이제 열여덟 살이 되는 딸이다.

꿈도 많고 세상에 대한 신기로움에 가득 차 있을 나이다.

드러내지는 않았지만 이번의 정략결혼이 결코 스스로 좋아서 하는 것이 아님을 알고 있다.

"보았더냐?"

"예."

"가려느냐?"

"예."

하이렌 백작 부인은 딸을 똑바로 쳐다보았다.

18년 동안 한 번도 자신이나 부군인 하이렌 백작의 말을 거역한 적이 없으며, 또한 자신의 의견을 개진해 본 적도 없는 딸아이다.

그런데 자신을 똑바로 바라보며 자신의 의견을 분명하게 밝히고 있다.

중년으로 넘어가는 자신조차 이 벽보를 보고 심장이 뛰었
거늘 어찌 방년 18세의 처녀 가슴이 뛰지 않을 것인가?

아무리 여식이라 하나 기사 가문의 여식이니 당연히 가슴
이 뛸 것이다.

"칸트가 가기 전에 제가 가려고 해요."

"…칸트 말이더냐?"

칸트는 하이렌 백작 가문의 장자.

장차 하이렌 백작 가문을 이어받아야 할 계승권자이다.

그 또한 이 벽보를 보았을 것이다. 아니, 지금 바이큰 왕국
에 있는 모든 이가 이 벽보를 보았을 것이다.

그리고 그들은 생각할 것이다. 바이큰 왕국에 복수할 기회
를 잡았다고 생각할 것이다.

그것은 젊으면 젊을수록 더할 것이다.

"오빠는 천생 기사예요. 제가 정략결혼을 하여 가문을 보
존하는 것도 중요하지만 어차피 결혼하면 가문과는 연결이
끊기게 되겠지요. 그렇게 의미없이 저를 희생하기보다는 어
찌 될지 모르지만 일생에 있어 단 한 번은 제 결정으로 가문
에 도움이 되고 싶어요."

장녀인 클라라의 말에 하이렌 백작 부인은 침묵했다.

처음으로 고개를 빳빳하게 들고 자신의 눈을 똑바로 보며
다부지게 말하는 딸의 모습이 자랑스럽기도 하지만 스스로

화를 자초하는 것 같기도 했다.

"그리고 결혼을 하든 어디를 가든 제 차리는 없잖아요. 지금 상황에서 꼭 바이큰 왕국이 전쟁에서 승리하리란 보장은 없어 보여요. 만약에 말이지요, 만약에 폴라리스 왕국이 전쟁에서 승리한다면 타 귀족들에게 고개를 숙이지 않아도 될 것이고, 폴라리스 왕국이 진다 하여도 정략결혼이 싫어 도망간 못난 딸로서 가문에서 제명시키면 될 것이에요."

자신은 응당 불같이 화를 내야 하건만 이상하게 전혀 화가 나지 않았다.

아니, 아무것도 생각하지 않고 지금껏 살아온 자신보다 더 당당해진 딸의 모습에 더없이 흐뭇했다.

하이렌 백작 부인의 눈이 딸아이의 옆구리로 향했다.

결혼 날짜가 잡히는 최근까지도 손에서 놓지 않았던 검을 패용하고 있다.

그저 물끄러미 그 검과 딸의 손을 바라보았다.

그리고 서서히 일어나 딸을 향해 걸어갔다.

딸 앞에 선 하이렌 백작 부인은 말없이 딸의 머리를 쓰다듬고는 팔을 벌려 딸을 품에 안았다.

한참을 그렇게 있던 하이렌 백작 부인은 조용히 딸의 이마에 입을 맞췄다.

"네가 원한다면."

"…고마워요."

따뜻한 웃음과 따뜻한 눈물이 흘러내렸다.

"하악, 하악!"

"후욱, 후욱!"

거친 숨을 토해내는 일단의 무리.

그들의 옷차림은 말이 아니었는데, 중요 부위만 가린 거의 벗다시피 한 모습이다.

오랫동안 씻지 않았는지 땟국물이 흘렀고, 쉼없이 달려왔는지 검은 달빛 아래에서도 땀으로 피부가 번들거리고 있었다.

"좀 쉬지."

묵직한 누군가의 말에 그제야 경계를 풀고 사방으로 널브러지는 무리이다.

대략 열 명 정도. 몸매가 다부진 것이 분명 기사인 듯하나, 행색은 노예나 다름없어 보였다.

그때 또 예의 묵직한 누군가의 목소리가 들렸다.

"힘들겠지만 먹어둬라."

그 말에 사방으로 퍼져 있던 이들이 꾸역꾸역 몸을 일으켜 세워 바지춤에서 무언가 꺼내 들더니 입가로 가져갔다.

하루 종일 쫓기느라 입안의 침마저 말랐는지 쉽게 씹히지 않아 한참을 입안에 넣고 오물거리기만 했다.

그제야 한 명의 사내가 주변에 널브러져 휴식을 취하고 있는 이들을 둘러보았다.

다들 행색이 말이 아니다.

하긴 그럴 수밖에 없다. 원래는 기사였으나 바이큰 왕국이 들어서며 노예로 전락해 버린 자들이니 말이다.

하지만 그들의 휴식은 길지 않았다.

"움직인다!"

예의 묵직한 음성으로 누군가가 후미를 바라보며 외치자 육포를 녹여 먹던 이들은 서둘러 갈무리하고는 검집조차 없는 검을 들고 일어섰다.

이들은 지금 마나를 금제당하여 오로지 육체의 힘만으로 움직이고 있었다.

그러한 이들을 마치 사냥하듯이 조금씩 조여 오는 귀족들.

바이큰 왕국에 일신을 의탁하고, 과거 변방의 귀족이었던 이들은 어느새 중앙의 귀족으로 넓은 영지와 영지민을 가지고 부를 축적하고 있었다.

그러한 그들은 지금 오랜만의 인간 사냥에 한껏 흥취가 올라 있다.

아닌 게 아니라, 그동안 전쟁입네 하면서 숨죽이고 있던 탓에 몸이 찌뿌듯했건만 며칠 전 영지 곳곳에 붙은 벽보로 인해

요즘은 조금 살맛이 났다.

"크흐흐흐, 또 움직이는군."

"재미있군, 재미있어."

그들의 뒤에는 기사도 있었으며 귀족도 있었다.

그들은 그들 나름대로 조를 짜서 탈출을 시도한 노예들을 사냥하고 있었다.

어쩌면 이들은 일부러 탈출을 방조하고 있었는지도 몰랐다. 이러한 재미를 위해서 말이다.

그들은 말을 서서히 몰아갔다. 하루 이틀쯤 더 가지고 놀다 죽이면 된다.

그때 그들의 얼굴에 나타나는 절망과 공포, 체념의 표정이란……. 절로 온몸을 떨게 한다.

탈출한 자는 총 137명. 이곳에서만 노예가 탈출한 것이 아니다.

지금과 같이 노예가 탈출하여 그것을 빌미로 노예사냥을 하는 귀족들이 바이큰 왕국 전역에 즐비했다.

비단 바이큰 왕국만은 아니었다. 히르센과 이스턴 왕국도 마찬가지였다.

겉으로는 쉬쉬하며 긴장감이 고조되고 있는 스웰던 지역에 집중하고 있지만 그 두 왕국 전역에 바운티 헌터 상당수가 노예들을 추적하고 있었다.

구 제국의 영토 전역에서 벌어지고 있는 홍역과도 같은 노예들의 탈출.

지금 노예들을 추적하고 사냥하고 있는 귀족들은 이미 수백의 노예를 죽였다.

처음엔 마지못해 참여했으나 이제는 찾아다니면서, 혹은 일부러 탈출을 방조하면서까지 즐기고 있었다.

"크크, 어서 도망가라. 아직 내 피는 뜨겁다."

도망가는 노예들을 보며 시퍼런 광망을 토해내는 귀족과 기사들.

그들의 피는 아직 식지 않고 있었다. 마치 재미있는 장난감을 버리기가 아쉬워 숨겨놓고 먹듯이 말이다.

그들은 느긋하게 달렸다.

체력적으로나 심리적으로나 다급한 것은 도망치는 노예들이지 자신들이 아니기 때문이다.

노예들은 정신없이 달렸다.

숨이 턱턱 막히고 허파가 찢어질 것 같아도 달리고 또 달렸다.

"컥! 후욱!"

"달려! 멈추면 죽는다!"

"커헉! 허억! 더, 더 이상은!"

한 명이 숨을 헐떡이며 그대로 주저앉았다. 그에 겨우 버티며 걸음을 옮기던 다른 노예들 역시 주저앉아 버렸다.

"후욱! 후욱! 죽어도 같이 죽고!"

"살아도 같이 산다!"

무리를 이끄는 듯한 한 명의 노예가 중저음의 목소리로 외치자 힘들게 앞으로 달리던 몇몇의 노예가 뒷말을 외치며 쓰러져 있는 노예들이 있는 곳으로 달려왔다.

"방어 대형! 방어 대형으로!"

"방어 대형으로!"

지쳐 있음에도 불구하고 신속하게 움직이는 노예들이었다.

가진 것이라고는 쫓아오는 병사들을 죽이고 얻은 검집조차 없는 검 하나가 전부인 이들이다.

쓰러지고 주저앉아 있던 노예들은 그러한 동료들을 보고는 그들에게 조금이라도 도움이 되고 싶은지 무거운 몸을 일으켜 방어 대형 속으로 몸을 움직였다.

"크흐흐흐! 고작 여기까지인가?"

한 명의 귀족이 날카로운 웃음을 지으며 노예들 곁으로 다가왔다.

그에 사방을 에워싸는 기사들.

몇몇의 귀족은 그 수가 작음에 그냥 구경이나 한다는 심정인지 그저 말고삐를 쥐고 기괴하게 웃고 있었다.

"에쉬튼, 네놈이었더냐?"

그때 중저음의 목소리가 들려왔다.

가장 선두에서 노예들을 사냥하던 자이자 가장 잔인한 방법으로 노예들을 죽인 자가 눈을 희번덕이며 자신의 이름을 부르는 노예를 바라보았다.

"크크크, 롤랜드! 네놈이로구나. 크하하하! 롤랜드야, 롤랜드야! 그 잘나신 롤랜드가 왜 이리 되었을꼬."

마치 이런 공교롭고도 재미있는 상황이 있을 수 있느냐는 듯이 희번덕거리는 눈동자로 만면에 기괴한 웃음을 지으며 앙천광소를 터뜨리는 귀족이었다..

주변의 귀족들과 기사들은 무슨 흥미로운 일이라도 생겼냐는 듯 눈에 생기를 담고 둘의 대화를 지켜보았다.

"이들을 선동하여 탈출한 놈이 설마 네놈일 줄은 꿈에도 몰랐구나."

"어찌, 어찌하여 그리도 변하였더냐."

과거 친우였던 에쉬튼.

하지만 에쉬튼은 항상 롤랜드의 그늘에 가려 있어야만 했다.

에쉬튼은 항상 롤랜드를 앞서려 했다. 하지만 롤랜드 앞에서 그것을 표현할 수는 없었다.

롤랜드 앞에서 에쉬튼은 세상에 둘도 없는 친구이자 모든 것을 친구에게 양보하고, 약자를 도우며, 신실한 기사이고 친구였다.

하지만 그런 세월이 쌓이면 쌓일수록 롤랜드에 대한 에쉬튼의 질투와 시기는 더욱 쌓여만 갔다.

바이큰 왕국이 서부를 장악하고 왕국을 세웠을 때 롤랜드는 저항하여 노예가 되었고, 에쉬튼은 감추어두었던 본래의 성정을 찾아 바이큰 왕국에 붙었다.

그리고 그러한 두 친구는 한쪽은 노예로, 한쪽은 도망치는 노예를 상대로 사냥하는 귀족으로 만났다.

결코 호의적일 수 없는 사이라 할 것이다.

"닥쳐라! 네놈이, 네놈이 무엇을 알까? 그 잘난 네놈이 무엇을 아느냔 말이다!"

"우린… 친구였지 않은가?"

그때였다.

시잇!

푸욱!

롤랜드라 불리는 자의 발치 앞으로 장창이 꽂혔다.

"친구? 하! 친구라? 나는 널 친구라 생각해 본 적이 없다. 항상 넌 내 앞에 있는 경쟁 상대였을 뿐. 그 잘난 가문의 장자가 이리되다니. 네놈에게 기회를 주마."

"무슨 말이더냐?"

롤랜드의 얼굴이 굳어졌다.

목소리 또한 거칠어졌다.

지금 이 상황에서 기회란 무엇일까? 탈출한 노예를 사냥하는 저들이 과거의 친구였던 자에게 주는 기회는 무엇일까?

"그 창으로 모두를 죽이면 널 살려주지."

"뭐?"

모두 죽이면 자신을 살려준단다. 그에 허탈하게 되물어보는 롤랜드였다.

롤랜드 주변에 있던 이들 중 한 명의 목울대가 울렁거렸다. 자기도 모르게 마른침을 삼킨 것이다.

롤랜드는 주변을 살펴보았다. 대략 이백여 명의 귀족과 기사이다. 탈출할 가능성은 전무하다고 할 수 있었다.

그에 롤랜드는 서서히 자신의 발치 앞에 박혀 있는 창에 시선을 두었다.

과거의 친구인 에쉬튼은 그 모습을 득의양양하여 바라보았다.

'네놈이 살려면 어쩔 수 없을 것이다. 창을 잡아라. 그리고 너를 따르는 자들을 죽여라.'

에쉬튼의 눈은 지금 노예가 된 친구를 보며 그렇게 외치고 있었다.

꿀꺽.

에쉬튼의 광기 어린 눈을 바라보는 롤랜드는 자신도 모르게 침을 심키고 말았다.

콰악!

그러한 롤랜드가 창을 집어 들었다. 그리고 들어 올리는 즉시 전면을 향해 집어던졌다.

"위험!"

콰차창!

에쉬튼의 옆에 있던 기사가 날아오는 창을 두 동강이 내버렸다.

"나는 제국의 기사이다. 너 따위 바이큰족의 발바닥이나 핥는 놈에게 자비를 바라는 그런 변절자가 아니란 말이다."

"변절… 자? 큭, 크큭, 크하하하핫!"

롤랜드의 말에 애쉬튼이 고개를 들어 하늘을 보며 목젖이 훤히 보일 정도로 웃어댔다.

한참을 그렇게 웃다 갑자기 웃음을 멈추는 에쉬튼.

"죽엿!"

"명!"

곁을 지키던 기사가 검을 뽑아 들었다.

"정리한다!"

"와아아아! 죽여라!"

병사들이 들이닥쳤다.

서른이 조금 넘는 노예들은 빙 둘러서며 방어 대형을 굳혔다.

방패도 없는 방어 대형. 하지만 간과해서는 안 될 것이 노예 모두가 기사 출신이라는 것이다.

비록 마나가 억제당하고 육체적으로 혹사당하여 피골이 상접한 모습이었으나 그렇다 하여도 이들은 그렇게 쉽게 다룰 수 있는 이들이 아니었다.

개중 발군은 역시 롤랜드였다.

롤랜드는 검 두 개를 사용했다.

방패도 없고 마나도 없다. 오랜 노동으로 쇠잔해진 육체이나 그는 과거 제국의 기사였다.

왼손에 쥔 검으로 들어오는 창을 비켜 막고, 오른손에 쥔 검으로 병사들의 목을 쳤다.

핏방울이 시야를 가리고 오랜 도주 생활로 인한 체력적인 한계로 인하여 자잘한 상처가 났으나 그런 것쯤은 아무것도 아니었다.

한 명이라도 더 죽여야만 여기서 살아남을 수 있었다.

하지만 이내 힘이 소진되기 시작하면서 검끝이 흔들리기 시작했다.

자신의 검도 아닌지라 손에 맞지 않는 검의 손잡이가 피와 땀에 절어 미끌거렸다.

가슴을 향해 쇄도해 오는 검날.

촤아아앙!

엉겁결에 막아내었지만 힘이 달려서인지 기어코 검을 흘리며 팔에 상처가 나고 말았다.

피부가 쩍 벌어지며 터져 나오는 피분수.

인상을 찌푸리던 롤랜드는 잠시 주춤하는 병사의 가슴에 검을 쑤셔 박았다.

"크아아악!"

하늘 끝까지 울리는 비명 소리.

순간 등 뒤가 화끈해졌다. 어느새 등 뒤로 다가온 병사가 검으로 등을 훑어 내린 것이다.

휘청!

아찔해지는 정신을 가다듬을 새도 없이 또 다른 창이 눈앞으로 쇄도해 왔다.

롤랜드가 정신없이 옆으로 굴렀다. 흙이 얼굴에 튀었다.

눈에 흙이 들어가 제대로 눈조차 뜰 수 없었다.

급히 눈을 비비고 한 손의 검을 땅에 박고 다른 한 손의 검으로 사방을 훑어 공간을 확보하고자 하였다.

까아아앙!

하지만 무언가에 막히며 저릿하게 울려오는 손목.

시큰한 감각에 부지불식간에 위를 쳐다보았다. 어느새 말에서 내렸는지 에쉬튼이 자신의 검을 막아서고 있었다.

"에… 쉬튼!"

"내 발을 핥는다면 살려주마."

척!

진흙이 잔뜩 묻은 발을 내미는 에쉬튼. 그의 발을 바라보는 롤랜드.

"살아남은 모두 말인가?"

"크크크, 그놈의 알량한 정의감은 아직도 살아 있는 것인가? 그 가증스럽고 두꺼운 가면은 벗어던졌으면 좋겠군. 살고 싶지 않나? 혼자라도 살고 싶지 않아?"

에쉬튼의 광기 어린 한마디 한마디가 롤랜드의 가슴을 후벼 팠다.

"나를 죽이면 되지 않나? 저들은 놔줘도 되지 않나? 너의 그 지독한 복수는 나 하나로 끝내도 되지 않느냔 말이다!"

"어림없는 소리. 나는 네놈이 싫다. 죽도록 싫다. 그래서 네놈 주변에 있는 모든 것이 싫다. 너와 관계된 모든 것이 싫다. 너 하나로 나의 지난날을 보상받을 수 있을 것이라 생각하는가? 안 된다. 안 돼! 너 하나로 지난날을 보상받을 수 없다! 롤랜드 클로비스! 결정해라. 내 발을 핥고 혼자라도 살겠느냐, 아니면 이 자리에서 너도 죽고 너를 따르는 모두를 죽이겠느냐?"

그에 롤랜드는 뒤를 돌아보았다.

자신에게 쏟아지는 수많은 눈동자.

롤랜드는 보았다. 자신을 향해 웃고 있는 이들을.

그것을 본 롤랜드 역시 마주 웃었다.

그리고 무릎을 꿇고 앉아 눈을 감았다. 죽이라는 뜻이다.

에쉬튼의 눈동자는 더욱더 벌게지면서 거침없이 검을 뽑아 들었다. 에쉬튼의 행동에는 일말의 망설임도 없었다.

에쉬튼의 입에는 잔인하고 찐득한 살기가 묻어나는 광포한 웃음이, 롤랜드의 입에는 모든 것을 포기한 자의 담담함이 묻어나 있었다.

거침없이 내려치는 에쉬튼의 검.

그 순간이었다.

쉬아아아악!

무언가 날카로운 소리가 들려왔다.

퍼격!

갑자기 적막이 흘렀다.

롤랜드의 목을 치기 위해 검을 내려치던 에쉬튼의 몸이 서서히 뒤로 넘어가기 시작했다.

노예들을 둘러싼 기사와 병사들 역시 아무런 말도 못하고 그 광경을 그저 바라보고만 있었다.

"어?"

“뭐?”

투후욱! 푸화아아악!

에쉬튼이 뒤로 완전히 넘어갔다. 그와 함께 그의 가슴에서 쏟아져 나오는 피분수.

“누, 누구냐!”

“저, 적이다!”

“방어 대형! 방어 대형!”

그제야 정신을 차린 귀족들과 기사들은 부리나케 소리치며 사방을 경계하기 시작했다.

하지만 그러한 그들의 노력은 헛수고였다. 갑자기 또 몇몇의 병사가 피를 흘리며 죽어갔다.

“누구냐! 나서라!”

“방패! 방패 들어!”

“말에서 내려! 말을 방패 삼아!”

기사들과 병사들, 그리고 귀족들은 일사불란하게 움직였으나 어둠 속의 살인자들은 그들보다 더욱더 일사불란했다.

사방에서 날아오는 화살이 날아왔다. 그 화살 한 대에 반드시 한 명의 병사가 목숨을 잃었다.

귀족과 기사를 노리지 않고 철저하게 병사들만 노리는 화살.

기사들은 죽은 병사들을 일으켜 세워 앞을 가려 날아오는

화살을 막았고, 귀족들은 말에서 내려 말을 방패 삼아 화살을
막아내었다.

그 와중에 중앙에 모여 있던 노예들이 움직였다.

"기회! 쳐라!"

롤랜드의 목소리가 들렸다.

"우와아아아!"

적의 적은 친구다.

적이 될지 친구가 될지 모르나, 일단은 지금의 위험을 벗어
날 수 있음에 검을 던지고 죽음의 위기에 몰렸던 노예들이 다
시 검을 들고 용기백배하여 귀족과 기사들을 향해 쇄도했다.

안팎으로 적을 맞이한 기사들과 귀족들.

"모두 벤다!"

그때 들리는 엄중한 목소리.

그것은 바로 에쉬튼의 옆을 지키던 기사의 목소리였다.

권력에 빌붙어 있으나 그들은 기사. 명령이 하달되자 몇몇
은 검에 오러를 시전하여 돌격해 오는 노예를 주살해 나갔다.

오러를 시전하는 기사 앞에서 아무리 과거의 기사라 한들
쇠잔하고 마나가 봉인된 상태에서는 그들의 상대가 될 수 없
었다. 그저 속절없이 죽어갈 수밖에 없었다.

그렇게 살아남은 스무 명 남짓의 인원 중 절반가량이 죽음
을 당했을 때다.

콰지지직!

"크아아악!"

갑자기 커다란 비명 소리가 들렸다.

그것은 그저 시작일 뿐이었다. 연이어서 들려오는 비명 소리는 기사들과 귀족, 그리고 살아남은 병사들의 모골을 송연하게 했다.

퍼걱!

"어, 어떤 놈이냐!"

"나? 형님 폐하 동생!"

"뭐?"

뻐어어억!

귀족 중 한 명이 피떡이 되어 날아갔다.

그리고 한 명의 인물이 장내에 들어섰다.

그와 함께 수백에 이르는 이들이 둥글게 귀족들과 기사들을 에워쌌다.

"가, 감히 어떤 놈들인데 대 바이큰 왕국의 행사를 방해하는 것이냐?"

뿌아아악!

대답 대신 들려오는 것은 무엇인가 박살 나는 소리였다.

"대 폴라리스 왕국 호위대장 제이 브레이커!"

"우와아아!"

그와 함께 사방에서 우레와 같은 함성이 터졌다.

"살고 싶으면 도망쳐라!"

부우우웅!

제이가 살점이 덕지덕지 붙어 있는 쇠봉을 휘둘렀다.

제이가 휘두르는 쇠봉은 그저 일반인이 휘두르는 쇠봉이 아니었다.

일반인의 서너 배에 해당하는 무게와 길이를 가진 가장 파괴적인 무기였다.

설사 상대가 오러를 다루는 익스퍼트의 기사라 할지라도 쉽게 막아낼 수 있는 것이 아니었다.

그것을 모르는 오러를 다루는 기사들은 코웃음을 치며 득달같이 제이를 향해 쇄도해 들어갔다.

"깡통들!"

쿠화아아아앙!

제이의 쇠봉에서 거대한 바람이 불어 나왔다.

어찌나 빠르게 봉을 휘두르는지 눈으로는 도저히 쫓을 수 없는 속도였다.

그렇다고 소리를 듣고 대처하기에는 이미 늦었다.

"끄어어억!"

"커허억!"

그때 외마디 비명성이 치열해진 전장에 울려 퍼졌다.

"투마왕 제이 브레이커!"

"서, 설마……."

누군가의 한마디에 모든 귀족과 기사들은 얼어붙었고, 반면에 노예들의 얼굴에는 경이와 함께 안도의 빛이 떠올랐다.

느끼기에 투마왕 제이 브레이커는 자신들에게 적의가 없었다.

그러한 와중에도 제이의 쇠봉은 종횡무진 움직이고 있었다.

일격에 서너 명의 기사들 뼈가 부러지며 죽어 나갔고, 말을 타고 도망가려던 귀족은 말과 함께 대지에 몸을 묻어야만 했다.

"도망가라 했다!"

제이의 거친 노호성.

그에 귀족들과 기사들, 그리고 병사들은 추적자에서 도망자가 되어버렸다.

압도적인 무력에 그들은 오줌까지 지리며 제이를 피해서, 혹은 사방을 에워싸고 있는 북부군을 피해서 도망가려 하였다.

하지만 그 누구도 북부군의 견고한 포위망을 벗어나는 자는 없었다.

그들이 감당하기에는 제이가 이끌고 있는 북부군의 실력

이 너무나 탁월했기 때문이다.

제이가 이끌고 있는 병력은 모두 키가 컸다. 그리고 모두가 거대한 무기를 들고 있었다.

북부 제3군단, 달리 말하면 자이언트 부대였다.

평균 신장 190센티미터 이상의 거구만이 들어갈 수 있는 특이한 부대.

그러한 그들이기에 그저 서 있는 것만으로도 대단한 위압감을 가지고 있었고, 그들을 조련한 자가 바로 제이였으니 그들의 압도적인 무력은 절로 입을 벌어지게 만들었다.

사방으로 흩어져 도망치는 귀족과 기사들. 어느새 제이는 쇠봉을 거두고 있었다.

롤랜드는 제이에게 다가갔다.

"롤랜드 클로비스 외 13명, 북부의 기사로 참전하고자 합니다."

롤랜드 역시 작지 않은 키였으나, 제이에 비하면 겨우 가슴께에 이르렀다. 그러한 그를 스윽 내려다보던 제이는 말없이 무언가 그들의 발치에 던졌다.

툭! 투둑!

떨어져 내리는 것은 먹을 음식과 풀 플레이트 메일, 검과 방패, 창 등 갖가지 무구와 방어구였다.

롤랜드는 놀란 눈으로 제이를 바라보았다. 어디서 이 많은 것들이 쏟아져 나올까 하는 의문이 들었다.

"대 폴라리스 왕국 제3군단 군단장 제이 브레이커는 그대들을 3군단 예하 병력으로 받아들인다."

"며, 명!"

얼떨떨한 표정으로 명을 받는 롤랜드였다.

마치 당연하다는 듯이 그들에게 하대를 하고, 또한 그것을 받아들이는 롤랜드와 살아남은 노예들이었다.

아니, 이제는 정식으로 폴라리스 왕국의 병사가 된 그들이다.

"우선 쉬도록!"

"명을 따릅니다!"

*　　　*　　　*

"생각보다 파급효과가 큽니다."

"그런 것 같더라고."

지금 베르누크와 카림은 갑작스럽게 유입된 병력을 분류해 재훈련시키고 있는 연무장을 보며 대화를 나누고 있었다.

지금 둘이 대화하고 있는 이곳은 바이큰 왕국에서 벌어진 열아홉 번째 전투에서 함락한 플랑드르 성이다.

이 플랑드르 성까지 하면 바이큰 왕국의 북부를 유지하는 스물여덟 개의 성 중 절반을 함락한 것이라고 할 수 있었다.

결코 쉽지만은 않은 전투였다.

비록 카림의 계략이 적용된 이후 다섯 곳으로 흩어진 병력을 한곳으로 모아 전투를 치르고 있지만, 바이큰 왕국에서 무슨 훈령이 내려왔는지 오히려 전사가 있을 때보다 더욱 극렬하게 저항했던지라 폴라리스 왕국 역시 상당한 타격을 입은 상태였다.

10만에 이르던 병력은 어느새 7만으로 줄어 있었다.

물론 점령한 성을 통하여 병력을 충원하였지만 그들은 폴라리스 왕국 입장에서는 거의 신병과 다르지 않았으니 폴라리스 왕국의 병사나 기사, 혹은 귀족으로 다시 태어나기 위해서는 혹독한 훈련을 거쳐야만 했다.

그러한 연유는 바로 폴라리스 왕국 체제가 여느 왕국과 다르기 때문이다.

군림하여 절대 권력을 휘두르는 귀족은 없었다.

또한 돈벌이를 위해 용병으로 나서는 기사도 없었으며, 녹봉이 작아 영지민의 주머니를 터는 병사도 없는 곳이 바로 폴라리스 왕국이었다.

많이 달랐다. 달라도 아주 많이 달랐다.

적응하지 못하면 도태되고, 결국에는 스스로 떠나야만 했다.

지금은 전란의 시대. 간다 한들 어디로 갈 것인가?

지금은 바이큰 왕국과 폴라리스 왕국이라지만, 그것이 이스턴 왕국이 되고 히르센 왕국이 되지 말란 법이 없지 않은가?

결국 포로가 된 이들은 폴라리스 왕국이 점령한 성에 남았고, 몇몇을 제외하고는 대부분 군문에 투신했다.

귀족은 나름 신분을 인정하여 각 성의 성주 자리에 내정하였다.

거기에 대륙에 일갈을 외친 테레지아 백작이 벽보는 그야말로 끊임없는 인력의 유입을 이뤄냈다.

상인도 있었고 노예, 기사도 있고 멸족한 귀족의 자제도 있었다.

그들을 한곳에 모아둘 수는 없음은 당연하다. 그 사용처가 다르기 때문이다.

노예는 평민이 되어 자신이 가진 재능을 드러내었고, 기사들은 새로운 조직에 적응하기에 바빴으며, 상인들은 본업과 함께 정보통이 되었고, 귀족들은 그 재능에 따라 군사부와 행정부로 나뉘어졌다.

그에 베르누크는 플랑드르 성에서 더 이상 전진하지 않았다.

적의 시선을 이곳에 잡아두는 것은 결코 전투만이 아니기 때문이다.

긴장감의 조성은 오히려 바이큰 왕국의 시선을 더욱더 끌어당길 수 있었다.

덕분에 폴라리스 왕국군은 부족한 병력을 충원할 수 있었고, 바이큰 왕국은 파죽지세로 밀고 들어오는 폴라리스 왕국군과의 회심의 일전을 준비할 수 있었다.

그에 바이큰 왕국은 폴라리스 왕국의 최후의 저지선을 형성하였고, 그곳이 바로 발자크 평원이었다.

카림의 예상대로 그들은 발자크 평원에서 전사들과 귀족군을 결집시켜 진을 치고 있었다.

"그들의 병력에 대하여 들어온 정보가 있나?"

"다행히 저들과 함께 많은 정보를 취합할 수 있었습니다."

카림이 저들이라고 하는 이들은 바로 바이큰 왕국 아래 있던 기사들과 노예, 그리고 귀족이다.

그들은 폴라리스 왕국군이 주둔하고 있는 이 플랑드르 성까지 오면서 많은 첩보를 물어다 주었다.

카림은 군사부를 총동원하여 그들이 물어다 준 첩보와 정보국장 페트릭 스웰던 자작이 알려오는 정보를 취합하여 적의 군세를 상당 부분 파악할 수 있었다.

"적의 총 병력은 전사 15만, 귀족군 40만입니다. 아마도 전사가 적들의 정예이지 싶습니다. 또한 군을 3군으로 나누었으며, 좌군 15만, 우군 15만, 중군 25만입니다."

"55만이라……. 아군이 현재 38만이니 해볼 만하겠군."

"아마도 전투가 벌어지는 시기가 되면 바이큰과 대등한 병력이 되지 않을까 합니다."

베르누크는 고개를 끄덕였다. 이제는 병력에서도 바이큰 왕국에 뒤지지 않는다. 다만 그 조직력과 숙련도에서 차이가 나겠으나, 그런 것은 지금 당장 해결할 수 있는 문제가 아님을 알고 있다.

"언제쯤 도착할 것 같나?"

"아마도 10일 정도 걸릴 것입니다. 보고를 보니 중간 중간 기사나 도망치는 노예들이 합류하여 조금 늦어지는 것 같습니다.

보고는 베르누크 역시 받았다. 팔짱을 끼고 잠시 바이큰 왕국군의 진영을 바라보던 베르누크가 입을 열었다.

"10일 후 발자크 평원으로 진격하지."

"명을 따릅니다."

CHAPTER
04

발자크 평원 전투 I

Knight King

폴라리스 왕국군이 움직였다.

최초 열아홉 개의 성을 함락할 당시 최종 병력인 7만이 아니라, 플랑드르 성을 함락하고 주둔한 지 두 달 만에 40만이라는 대병력이 되어 움직였다.

그에 바이큰 왕국에는 다시금 긴장감이 돌기 시작했다.

플랑드르 성에 머물던 지난 두 달 동안 역시 긴장감이 돌지 않았던 것은 아니다.

지난 두 달은 오히려 전쟁보다 더 치열한 탈출과 추적의 시간이었다.

수많은 이가 플랑드르 성으로 향했다.

여자도 있고 남자도 있었으며, 아이도 있고 노인도 있었다. 상인도 있고, 노예도 있고, 소매치기도 있고, 용병도 있고, 기사도 있고, 귀족도 있었다.

그에 바이큰 왕국은 탈출하는, 혹은 북으로 향하는 그들을 막기 위해 이동 금지령을 반포하였고, 그를 어길 시 즉결 처분하였다.

그럼에도 불구하고 제재를 뚫고 북으로 향하는 이들이 있었는데, 바이큰 왕국은 추살대를 조직하여 그들을 끝까지 추적, 잔인하게 제거하였다.

하지만 아무리 공포와 피로 제재를 한다 하여도 한번 터진 봇물은 쉽게 멈추지 않았다.

왕국 간의 전쟁은 잠시 미뤄지고 있었지만, 바이큰 왕국은 몸살을 앓고 있었다.

그리고 마침내 폴라리스 왕국군이 움직이자 바이큰 왕국 역시 지긋지긋하다는 듯이 그 모든 제재를 풀고 북부에서 중부로 들어서는 길목인 발자크 평원에서 폴라리스 왕국을 저지하고 반전을 꾀하고자 했다.

바이큰 왕국은 기다렸다. 모든 준비를 완벽하게 마치고 말이다.

이 발자크 평원에서 그들은 보여주고자 했다. 진정한 바이

큰 왕국의 강함을 말이다. 또한 실추된 명예를 되찾고자 했
다.

거기에 하나 더 노림수가 있다면, 아직도 거세게 반발하고
있는 제국의 망령들을 완벽하게 장악하여 진정한 바이큰 왕
국을 세우고자 계획하였다.

그 중요성 때문인지 발자크 평원 전투의 총사령관은 역시
대전사인 타이타누스 카이탄이 맡았다.

"그들이 온다고?"

"그러합니다."

"끄끄끄, 드디어 오는군."

무언가 기대에 찬 얼굴로 웃음 짓는 카이탄 사령관이다.

그것은 호승심이었다.

귀에 못이 박히도록 들어온 나이트 킹이라는 존재. 서북 대
평원의 대전사보다 한 수 위로 쳐준다는 그 나이트 킹이 오고
있는 것이다.

"방심할 수 없는 자입니다."

카이탄의 군사장인 보로실로프스 세이런이 조심스럽게 대
전사에게 말했다.

그는 항상 조심스럽다. 또한 절대 앞서 가지도 않았다. 대
전사가 어려운 것이 아니라 대전사는 그만큼 무서운 존재이
기 때문이다.

그것은 대전사 역시 알고 있었다.

크게 신경 쓰지 않는 일이나, 만약 군사장이 자신의 신분을 모르고 나선다면 아마도 살아남기 어려웠을 것은 분명하였다.

자신의 권위에 도전하는 자를 결코 살려둔 적이 없는 대전사였으니 말이다.

군사장의 말에 대전사는 그를 쳐다보지도 않았다. 그쯤은 충분히 안다는 무언의 표시였다.

"그래서 더 기다려진다. 군사는 아는가, 지금의 나의 심정을?"

"…모릅니다. 저는… 전사가 아닙니다."

군사장의 말에 서서히 몸을 돌려 그를 날카롭게 바라보는 대전사였다.

"끄끄끄끄. 그렇겠지. 모르는 것이 당연하다. 가장 높은 곳에 선 자의 갈증을 너는 모를 것이다. 그곳에 서보지 않았기에."

"그렇습니다."

마치 자신을 비웃는 것 같은 말임에도 불구하고 군사장인 세이런은 얼굴색 하나 변하지 않고 선선히 인정했다.

이미 자존심은 전사 중의 최고라는 대전사를 대하기에는 자신의 위치가 너무나 비천하기 때문임을 아는 탓이다.

물론 군사장의 신분은 비천하지 않다. 하지만 바이큰족은 전통적으로 전사를 우대한다. 특히나 지금의 대족장은 그 성향이 더욱더 치우쳐 있다.

말이 군사장이지 실질적으로 상위 전사보다 못한 대우를 받는 것이 사실이다.

"군의 배치는?"

"좌군장 게라니오스 크립톤 차전사, 군사 할리카르나소스 셀로스, 부관 및 부군장 발레리 니콜라에프 백작, 병력 전사 5만, 징집병 10만, 우군장 에우리피테스 클린튼 차전사, 군사 다나오스 셀레인, 부관 및 부군장 파웰 델라흐 백작, 병력 및 구성은 좌군과 동일합니다."

마치 대전사가 무엇을 물어볼지 이미 짐작이나 하고 있었다는 듯 자연스럽게 흘러나온다.

고개를 끄덕인 대전사는 결코 밝은 표정이 아니다.

"쯧. 강자에게 빌붙는 놈들의 병력을 이 전투에 끌어들인다는 것이 마음에 들지 않는군."

"어쩔 수 없습니다. 폴라리스 왕국이 던가드를 점령하여 본토와의 연결을 끊어버렸기에 자력으로는 저들을 막아낼 방도가 없습니다."

"그래서 더욱 그렇다는 것이다. 그깟 제국의 떨거지들 힘을 서북 대평원을 지배하는 바이큰족이 빌려야 한다는 것이 말이다."

“…….”

대전사의 격앙된 말에 입을 닫는 군사장. 이럴 때는 그저 입을 닫는 것이 상책이다. 대전사로서, 바이큰족으로서 유난히 자부심이 강한 자이니 말이다.

“그들의 전력은?”

“필두에 나이트 킹이라 불리는 폴라리스 왕국의 국왕이 있으며, 이번 대탈주를 불러일으킨 장미의 기사 테레지아 백작이 있습니다. 총병력은 40만에 육박하는 것으로 파악되었습니다.”

“건방진…….”

“끄으으음.”

갑자기 대전사의 몸에서 무서운 기세가 피어올랐다.

군사장은 이를 악물었다. 견뎌야만 한다. 이런 경우가 한두 번도 아니지만 대전사에게 있어서 자신은 그저 조언자일 뿐. 물건과 다르지 않은 자신을 위하지는 않는다는 것을 잘 알기 때문이다.

그리고 잠시 드러낸 대전사의 살기가 씻은 듯이 사라졌다.

얼굴이 새하얗게 변하도록 버티던 군사장은 비로소 참았던 한숨을 토해냈다.

매번 겪는 일이지만 여전히 적응이 안 되기에 참으로 난감한 순간이었다.

"도착 예정일은?"

"길을 열어두라 했으니 대략 보름 정도 걸리지 않을까 합니다. 40만의 대군이고 그들은 행군이 빠르지 않은 점을 감안한다면 말입니다."

"좋다. 그동안 그들을 맞이할 준비를 하도록."

"명을 따릅니다."

＊　　＊　　＊

"이건 뭐 작전이고 뭐고 힘 대 힘으로 한번 붙어보자는 거구만."

발자크 평원에 도착한 베르누크는 적이 펼친 진형을 보고 단박에 그 의도를 알 수 있었다.

바람의 정령을 날려 사방을 감시해도 전혀 감지되는 것이 없으니 아마도 그 의미를 제외하고는 어떤 의미도 없을 성싶었다.

"그들로서는 믿는 구석이 있지 않겠습니까? 이미 아국의 단점을 알고 있으니 말입니다."

믿는 구석이란 바로 발자크 평원에 있는 전력이 전부가 아니라는 것이겠고, 아국의 단점이란 바로 폴라리스 왕국의 절대적인 단점인 인구와 병력 수가 적다는 것을 의미할 것이다.

어쩌면 연전연패를 하고 있는 바이큰 왕국에서 펼칠 수 있는 최상의 전략이 바로 전면전일 수 있었다.

응하지 않는다면 손가락질 받을 것이 분명하였다. 이 계략은 고도의 심리전과 다르지 않았다.

기사도가 무너진 지 수백 년이지만 아직도 귀족과 기사들은 기사도를 내세우고 노블리스 오블리제를 외치고 있었다.

그 이유는 그것이야말로 귀족과 기사가 존재하는 이유이기 때문이다.

한데 당대에 있어서 노블리스 오블리제와 기사도에 가장 가까운 자가 누구냐고 묻는다면 그것은 당연히 폴라리스 왕국의 귀족이요, 폴라리스 왕국의 국왕인 나이트 킹이라 할 것이다.

그러한 폴라리스 왕국군이 비록 전쟁이라 하나 계략 없이 오로지 힘과 힘이 맞붙는 대회전을 피한다면 어찌 될까?

테레지아 백작이 대륙에 외친 일갈은 어찌 될 것인가?

보지 않아도 뻔했다.

아군의 사기는 급격히 떨어질 것이고, 나이트 킹이라 서슴없이 외치던 이들은 실망할 것이다.

귀족과 세 왕국은 보란 듯이 외칠 것이다.

'그는 나이트 킹이 아니고 일개 왕일 뿐이다' 라고 말이다.

그것은 이제까지 쌓아온 모든 것을 무너뜨리는 결과를 가져올 것이다.

물론 베르누크라는 사람 자체가 그러한 것은 신경조차 쓰지 않는 사람이지만 그는 일개 개인이 아닌 일국의 국왕이다.

"배후에서 치고 들어가면 저들의 표정이 어떻게 변할지 몰라?"

의미심장하게 웃으며 베르누크가 카림을 향해 물었다.

그러했다. 베르누크는 앞서 설명한 모든 것을 불식시키고 있었다. 신경조차 쓰지 않고 있다. 그가 생각하는 것은 바로 승자의 역사였다.

"비난이 좀 있긴 할 것입니다"

"하라고 그래. 전쟁이 무슨 애들 장난도 아니고, 내가 뭐 하자고 해서 하는 건가, 지들이 충동질해서 하는 거지?"

베르누크는 카림의 말을 일거에 잘라 버렸다.

그것이 지금의 베르누크의 생각이었다.

전쟁은 장난이 아니다. 전쟁에 어찌 낭만이 있고 예의가 있을 것인가? 죽고 죽이는 전쟁에 말이다.

이기면 그것으로 된 것이다. 다만 어떻게 이기느냐가 중요하다.

힘을 원한다면 힘으로 이겨주면 되는 것이다. 계략을 쓰지 말자고 사전에 약속한 것도 아니다.

한데 아군의 피해를 줄일 수 있음에도 하지 않는다면 그것은 지휘관으로서 자격이 없는 것이라 생각하는 베르누크였다.

고대의 흑마법을 쓰는 것도 아니고 정당한 계략으로 승리하는데 무슨 상관이랴.

"뭐 신경 쓰지 않아도 될 것입니다. 이것은 전쟁이지 놀이가 아니니까 말입니다. 저들이 저렇게 나온다고 해서 계략을 쓰지 말라는 법은 없지 않겠습니까?"

"내 말이……."

여전히 저 멀리 발자크 평원에 진지를 구축하고 자신을 기다리고 있는 바이큰 왕국군의 진영에서 눈을 떼지 않은 채 베르누크는 퉁명스럽게 답했다.

"일단 롬멜 백작과 제이에게는 자율 작전권을 주도록 해. 알아서 하라고."

"하면 저들과 대회전을 가질 작정이십니까?"

"판을 벌였는데 판 속에서 놀아줘야 하지 않겠어?"

말과 함께 베르누크는 으스스하게 웃었다. 카림은 왠지 모르게 등골이 오싹해짐을 느꼈다.

자신의 마스터는 감정을 숨기지도 않고 허례허식을 좋아하지도 않는다.

어쩌면 지극히 평민적인 생각과 생활이 몸에 밴 마스터라 할 것이다.

그러한 마스터가 적의 장단에 맞추어준다는 것은 화가 많이 났다는 것을 의미하기 때문이다.

이것은 단순한 분노가 아니었다.

앞뒤 가리지 않고 게거품을 무는 분노가 아니라 시리도록 차가운 분노였다.

왜 베르누크가 분노했을까?

그것은 단순히 이 한 번의 전투 때문에 생겨난 분노가 아니었다.

그것은 바로 이 전쟁을 일으킨 당사자들에 대한 분노이고, 사람의 생명을 마치 주머니 속의 물건처럼 다루는 것에 대한 분노였다.

그것은 단지 바이큰 왕국에 대한 분노가 아닌 이스턴과 히르센 왕국 등 그 모두에 대한 분노였다.

"보여줘야지. 전쟁의 대가가 얼마나 잔인한지 말이지. 그리고 그 책임이 얼마나 무거운지 말이지."

그 말을 남기고 베르누크는 말머리를 돌려 한창 진지를 구축하고 있는 병사들 틈으로 걸어갔다.

이러한 쓸데없는 작전에 일고의 가치조차 주지 않는 베르누크였다.

그러한 그의 뒷모습을 훈훈한 미소를 띠며 바라보는 카림이다.

자신의 마스터는 많이 변했다.

과거에는 그저 가문을 위해서, 혹은 개인을 위한 삶을 살았다면 지금은 왕국민을 생각할 줄 알았다.

또한 자국의 왕국민만을 생각하는 것이 아니라 타국의 왕국민도 생각할 줄 알았다.

물론 그 저변에는 다르지 않음이라는 생각이 깔려 있을 것이다.

같은 제국민이기 때문이라는 것도 깔려 있을 것이다.

하지만 분명한 것은 자신이 선택한 마스터는 바이큰족 역시 다르지 않다는 것도 범주에 넣고 있다는 것이다.

그것은 차이가 상당히 크다.

사람이라는 존재는 무리 짓기를 좋아하고, 소속되기를 좋아하며, 남과 다르다는 것을 과시하기를 좋아한다.

모든 사람이 그렇다는 것은 아니지만 대부분의 사람이 그러하다.

그래서 서로 끼리끼리 모인다는 고대어도 있지 않은가?

그 근본에는 무엇이 있을까? 바로 우리는 남과 다르다는 것이다.

기본적으로 우리가 우월하다는 것을 주장한다.

인간은 다르지 않다.

얼굴색이 달라도 인간임은 다르지 않고, 말이 달라도 인간임은 다르지 않고, 문화가 달라도 인간임은 다르지 않다.

하나 우리라는 울타리를 만들어 남과 다르며 우월하다 하는 자들은 인간이라 할지라도 다르다고 한다.

그래서 그들을 억압하고, 천시하고, 무시하며, 괴롭힌다. 신분제도라는 것이 바로 그것이라 할 것이다.

철저한 신분제. 너희와는 다른 우리. 신으로부터 선택받았기에 당연히 너희를 이끌고 나가야 하는 우리라는 것이다.

그 생각이 기반이 되어야만 신분제가 유지될 수 있다. 하지만 베르누크는 과감하게 그 신분제를 버렸다.

귀족이나 기사가 있지만 귀족은 단승이고, 지금에 와서는 일개 행정적인 인력일 뿐이다.

기사는 평민이고, 그들은 군인이다.

귀족에 소속된 것이 아닌 왕국에 소속되어 녹봉을 받고 있다.

바이큰 왕국과 히르센, 이스턴 왕국과는 근본적으로 다른 개념이다.

'마치 그는 이 세계의 사람이 아닌 것 같다.'

이것은 카림의 솔직한 심정이었다.

거의 20년을 가까이 있었지만 가면 갈수록 그 생각은 깊게 카림의 마음속에 자리 잡았다.

자신 역시 사람 위에 사람 없고 사람 밑에 사람 없다는 생각에 난까지 일으킨 적이 있지만 지금 생각해 보면 자신보다는 자신이 선택한 마스터가 더욱더 과격한 이념을 가지고 있는 것처럼 보였다.

이번 테레지아 백작의 일갈 역시 베르누크의 그러한 성정을 잘 알기에 할 수 있는 계략이었다.

너무나도 신선하고 또한 너무나도 진부한 계략이었으나 그 계략은 잘 들어맞았다.

"어찌 되었든 그들은 안일한 선택을 한 것이다."

이것이 카림이 내린 결론이다.

자신의 영원한 마스터 베르누크 아이젠 앞에서는 전략이 무용지물이다.

또한 그들과는 생각 자체가 다른 베르누크였다.

하니 그들은 정말 최악의 상대를 만난 것이나 다름없었다.

적어도 지금까지 파악한 자신의 마스터 베르누크 아이젠이라면 대륙이 모두 한꺼번에 덤빈다 하여도 감히 그 무릎을 꿇릴 수 없을 것이다.

설사 전설의 드래곤이라 할지라도 말이다.

*　　*　　*

둥! 두웅! 두웅!

뿌우우! 뿌우!

발자크 평원.

고요하기만 하던 발자크 평원에 전운이 감돌았다.

발자크 평원이 남측과 북측으로 나누어진 가운데 남측의 바이른 왕국과 북측의 폴라리스 왕국이 이른 아침부터 대치하고 있었기 때문이다.

싱그러운 아침을 노래하는 새들은 살을 찢어버릴 듯한 살기에 발자크 평원을 벗어나 버렸고, 눈부신 아침 햇살은 기치창검으로 무장한 병사들과 기사들의 무기와 방어구에 햇볕을 반사하고 있었다.

그리고 그러한 전운이 감도는 평원을 즐거운 듯이 바라보는 날카롭고 차가운 눈동자 하나.

바로 대전사였다.

그는 지금 흥분에 온몸이 부서져 나갈 것 같았다.

적수가 없음에 전장에 있어도 흥미가 없고 권태롭기까지 한 그였으나 지금은 아니었다.

자신이 바라보는 눈앞에 기사 중의 기사 나이트 킹이라는 존재가 있음에 저도 모르게 흥분하고 있었다.

그의 입가에는 어느새 잔인한 미소가 걸려 있다.

"보병과 각 군의 부사령관을 따르는 징집병을 먼저 진격시킨다."

그의 곁을 지키고 있던 군사 세이런의 고개가 돌려졌다.

"무슨 말씀을……?"

"못 들었는가? 각 군의 부사령관의 인솔하에 징집병들을 돌격시키라 했다. 또한 각 군의 군장과 전사들을 중군으로 편입시킨다."

"왜……?"

짐짓 궁금한 듯 평소에는 반론조차 펼치지 않던 세이런 군사장이 의문의 빛을 띠며 부지불식간에 물었다.

"적의 마법 전력과 화살을 낭비하기 위함이다."

"……."

이해했다.

하나 전혀 옳지 않은 명령이라는 것도 알았다.

하지만 세이런은 별다른 반론을 제기하지 않았다. 대전사의 입에서 나온 말이라면 이미 번복할 수 없음을 알고 있기 때문이다.

"명을 따릅니다."

대전사를 두고 뒤로 물러나는 세이런의 얼굴은 딱딱하게 굳어 있었다.

대전사의 변명은 충분히 공감한다. 하나 그 속뜻은 달랐다. 쓸모없는 귀족과 그들이 징집해 온 영지민을 모두 죽이겠다는 말과 다르지 않았기 때문이다.

드러나지 않았으나 바이큰 왕국은 완전히 융합되지 않았다.

융합되기에는 6년이라는 시간은 너무나도 짧았다.

바이큰족은 이제는 왕국민이 된 과거의 제국민을 바이큰 왕국의 왕국민으로 인정하지 않고 있었다.

힘에 의해 굴복한 비굴하고 비천한 자로 보고 있었다.

전사라면 죽어도 하지 말아야 할 일을 서슴없이 저지르는 과거의 제국민일 뿐이다.

그것은 바이큰 왕국의 미래가 없다는 것을 의미했다.

이 한 번의 전투와 다음 또 한 번의 전투로 바이큰 왕국은 무너질 것이 분명하였다.

너무나도 불 보듯이 뻔한 바이큰 왕국의 미래.

그것을 알고 있기에 세이런의 얼굴은 딱딱하게 굳었고 발걸음은 무거울 수밖에 없었다.

"보로실로프스야, 보로실로프스야, 넌 너의 머리를 너무 믿어 바이큰족의 미래를 저버리는구나."

그것은 한탄이었다.

명령서를 쥐고 그것을 각 군에 전달하면서도 세이런의 한탄은 그치지 않았고, 종내에는 눈물을 흘리고야 말았다.

*　　　*　　　*

"우와아아아~!"

"돌격하라! 돌격하라!"

"대 바이큰 왕국을 위하여!"

"바이큰 왕국을 위하여!"

드디어 좌군과 우군, 그리고 중군에 포함되어 있던 수많은 징집병과 귀족, 그 귀족들을 따르는 기사들이 검을 높이 들고 말의 배를 차 아침 햇살을 받아 정연하게 서 있는 폴라리스 왕국군을 향해 돌격했다.

그들을 냉정하게 바라보는 눈이 있었으니 그는 다름 아닌 바로 베르누크였다.

베르누크는 말에 올라 40만의 병력이 순서 없이 중구난방으로 쏟아져 오는 것을 바라보고 있었다.

"뭐지?"

그가 처음 꺼낸 한 마디이다.

전사가 오는 것도 아니고 계획적으로, 혹은 전략적으로 쇄도해 오는 것이 아니었다. 그러한 그들의 모습에 어처구니가 없을 정도였다.

"버리는 패입니다."

"40만을?"

"바이큰족과 과거 제국민은 전혀 융합되지 않았습니다. 지금 그들은 저들을 모두 소진시켜 아군의 마법 전력과 화살을 낭비할 생각입니다. 물론 그 근본에 어떠한 생각이 깔려 있는지는 이미 국왕 폐하께서도 아시리라 믿습니다."

카림의 말에 살짝 인상을 찌푸리는 베르누크였다.

40만을 아군의 전력을 깎는 데 사용하는 것도 아니고 단순히 소모품으로 사용한다는 발상 자체가 마음에 들지 않는 탓이다.

"대전사라는 자, 광기에 절어 있는 미친놈이거나 살인마로군."

"어찌합니까?"

"이것은 전쟁이다."

"명을 따릅니다."

더 이상의 말이 필요 없었다.

그렇다. 이것은 전쟁이다. 저들이 불쌍하나 죽이지 않으면 죽는다. 고민할 필요조차 없는 일이다.

물밀듯이 쇄도해 오는 40만의 병력은 저들의 교묘한 계략이다. 힘을 소진하라는 아주 치밀하고도 잔인한 계략이다.

그들을 바라보는 베르누크의 눈동자는 냉정했다. 그리고 그의 전언이 전해졌는지 궁기병과 함께 궁병들이 전투의 서전을 열기 시작했다.

"제1열 사격 준비!"

“사격 준비!”

“발사!”

“발사!”

슈슈슈슈슉!

“제2열 사격 준비!”

“사격 준비!”

“발사!”

“발사!”

슈슈슈슈슉!

“제3열 사격 준비!”

“사격 준비!”

“발사!”

“발사!”

슈슈슈슈슉!

“이후 준비된 사수로부터 자율 사격!”

“자율 사격!”

수십만 발의 화살이 청명한 하늘을 새까맣게 물들였다.

이루 헤아릴 수 없는 정도의 화살이다.

원거리 공격은 비단 화살만 있는 것이 아니었다.

바로 원거리 광역 공격의 꽃이라 할 수 있는 마법 공격이었
다.

쇄도해 오는 적의 병력이 병력인지라 개인적인 마법 공격보다는 다수가 참여한 대단위 마법 공격이 발현되었다.

한 명의 마법사가 아닌 다수의 마법사가 펼치는 대단위 마법은 그 위력만큼이나 고 서클의 마법이다.

"타올라라, 마나의 힘이여! 모여들어 대지에 그 모습을 드러내라! 뜨거운 불꽃의 향연! 파이어 필드(Fire Field)!"

"마나의 힘이여, 보이지 않는 손으로 적을 묶어라! 마나의 결속! 메스 바인드(Mess Bind)!"

"타올라라, 마나의 힘이여! 모든 것을 태우는 그대의 힘으로 내 앞의 모든 것을 불태워라! 뜨거운 불꽃의 폭풍! 파이어 스톰(Fire Storm)!"

"몰아치는 마나의 힘이여! 위대한 마나에 저항하는 존재에게 그 미약함을 깨닫게 하고 그 육신을 갈가리 찢어라! 라이트닝 필드(Lightning Field)!"

"크하아아악!"

"사, 살려……!"

"피, 피해라!"

"바, 발이……."

"으아아악! 안 움직인다!"

"어, 어떻게 해보란 말이다!"

그야말로 아비규환이다.

끊임없이 쏟아지는 화살이 문제가 아니었다.

화살을 피하니 그 뒤를 따라 들어오는 마법의 향연. 대지가 불바다로 변하였고, 불의 폭풍이 몰아침과 동시에 하늘에서 뇌전이 작렬하였다.

40만의 병력은 이 악몽과도 같은 곳을 벗어나려 했다.

하지만 쉬이 놓아줄 폴라리스 왕국군이 아니었다. 아니, 베르누크가 아니었다.

그는 지금껏 한 번도 사용하지 않은 마법을 사용하려 하고 있었다.

"의지로 명하노니, 적에게 죽음을! 기가 라이데인(Giga Lighthein)! 어스퀘이크(Earthquake)!"

콰르르릉! 버버번쩍! 쩌저저적! 쿠구구구궁!

하늘에서 어른 팔뚝만 한 번개가 수백 미터를 격해 떨어지기 시작했고, 반경 오십 미터에 이르는 거대한 크레이터가 생기며 땅이 그대로 꺼져 내렸다. 천번지복 바로 그 자체라 할 것이다.

하나 그들은 몰랐다, 이 마법이 6서클과 7서클의 최상위 마법이라는 것을.

이천 년 이내 한 번도 나타난 적 없는 절대의 마법이라는 것을.

그리고 쇄도해 오는 바이큰 왕국군의 목숨을 앗아간 것은 비단 마법과 화살, 그리고 베르누크의 마법만이 아니었다.

수많은 전투를 치르고 베르누크로부터 직접 정령에 관하여 사사한 테레지아 백작도 있었다.

테레지아 백작은 이미 중급의 정령을 소환했다.

흙으로 이루어진 골렘과 같은 중급의 정령.

"다그 하우트(Dug Haut)! 브레이브 하울(Vlave Howl)!"

그에 무수히 많은 송곳이 솟아올랐고, 그 대지의 송곳이 터져 나가면서 용암을 사방으로 발산하였다.

40만의 병력. 그것은 아무것도 아니었다.

그 모습을 바라보는 바이큰 왕국의 전사들은 입을 떡 벌릴 수밖에 없었다. 이것은 전쟁이 아니라 일방적인 도륙과 다르지 않았다.

물론 40만의 병력이 한순간에 사라지는 것은 아니었다.

말이 40만이지 평원을 새까맣게 뒤덮을 정도의 인원이 아무리 화살과 마법이 난무한다 하여 한순간에 없어질 리는 만무했다.

다만 모든 이가 입을 쩍 벌리고 당황하는 연유는 이제껏 마법이 전쟁에 사용된 적이 극히 드물었기 때문이다.

마법사논 고급 전력이다. 작위가 없을지라도 함부로 하지 못할 정도로 고급 전력이다.

때문에 과거 제국이 무너질 당시에도 마법사들은 전장에

서지 않았다.

마법사는 그만큼 자존심도 강하고 귀중한 존재였다. 그저 언제 누가 이런 마법을 사용했다더라 하는 풍문으로만 알려진 그런 존재였다.

그런데 지금 이런저런 풍문으로 들려오는 그런 마법이 아니라 바로 눈앞에서 폭발하는 불덩이와 마른하늘에서 어른 팔뚝만 한 번개가 내리치고 땅이 갈라지고 용암이 분출하고 있다.

당해보지 않았기에 40만의 징벌군은 오로지 지금의 상황에서 할 수 있는 것이라고는 허파가 찢어질 때까지 달리고 달려 마법과 화살의 권역에서 벗어나는 것뿐이었다.

하지만 마법과 화살의 권역에서 벗어났다고 해서 모든 것이 끝난 것은 아니었다.

그들의 앞에는 무려 40만에 이르는 폴라리스 왕국군이 질서정연하게 서서 뾰족한 창검을 들이대고 있었다.

"방패병 앞으로!"

"앞으로!"

"창병 앞으로!"

"앞으로!"

"창병 장창 내려!"

"장창 내려!"

쿵! 척! 쿵! 쿵! 척! 척!

일사불란하게 움직이는 폴라리스 왕국군, 그리고 이어지는 명령과 반복 구호.

"햇칫(투척할 수 있는 작은 손도끼) 들어!"

"햇칫 들어!"

"투창 들어!"

"투창 들어!"

"대기!"

"대기!"

폴라리스 왕국군은 대기했다.

40만의 병력 중 마법과 화살로 상당히 많은 병력을 제거했다고는 하지만 돌격해 오는 병력은 여전히 평원을 새까맣게 뒤덮고 있었고, 30만이 넘어가는 대병력이다.

미친 듯이 고함을 지르고, 검으로 방패를 두드리며 공격해 오는 바이큰 왕국군의 눈에는 당면할 전투에 대한 긴장감이 어리기는 했으나 전투에서 패했다는 기색은 전혀 볼 수 없었다.

폴라리스 왕국은 그것을 알고 있었다.

시간이 넉넉하다면 모를까, 시간을 다투는 전투에서 그 짧은 마법과 화살 공격에 제거할 수 있는 적 병력은 그리 많지 않다는 것을 말이다.

그런 와중에도 바이큰 왕국군은 상당히 많은 피해를 입었다.

근 6만에 가까운 이들이 발자크 평원에서 전투 한번 해보지 못하고 죽었으니 말이다.

그리고 보병군 전투 사령관인 제스로 깁슨 자작의 목소리가 긴장하고 있는 폴라리스 왕국군의 정신을 깨웠다.

"일제 투척!"

"투척!"

어느 순간 사령관의 목소리가 병사들의 귀를 울렸다.

그에 햇칫을 든 병사들은 햇칫을 과감히 던졌고, 투창을 든 병사들은 투창을 던졌다.

비단 단 한 번의 행위가 아닌 상비하고 있는 햇칫 두 자루와 투창 네 자루가 없어질 때까지 투척하였다.

"방패병 전진!"

"전진!"

"장창병 전진!"

"전진!"

둥! 두웅! 둥! 둥! 두둥! 두두둥!

전고가 점점 빨라졌다.

병사들의 걸음 역시 빨라졌다.

무려 30만에 이르는 병사들이 발을 맞춰 대지를 구르며 전진하고 있다.

그 소리는 마치 지진이라도 난 듯이 발자크 평원에 울려 퍼졌다.

"폴라리스 왕국군이다! 모두 죽여라!"

"우와아아아! 죽여라!"

바이큰 왕국군은 마치 그 두려움을, 그 공포를 이겨내기 위해 악을 쓰듯 외치며 검으로 방패를 두드리며 폴라리스 왕국군을 향해 쇄도해 들었다.

마침내 두 병력은 거침없이 부딪치기 시작했다.

콰지지직! 쿠드드득!

"장창병 찔러!"

"찔러!"

"방패병 순차적 전진!"

"순차적 전진!"

그러함에도 폴라리스 왕국군은 흐트러지지 않았다.

5미터에 이르는 기다란 장창과 성인 남성의 전신을 가리는 파비스(방패)를 굳게 잡아 땅에 박고 굳건히 버티면서 한발 한발 전진해 나갔다.

두드려도 깨어지지 않고 오히려 긴 장창에 의하여 꼬치처럼 꿰어 나가는 바이큰 왕국군이었다.

"죽어! 죽으란 말이다!"

"이런! 니미 쌍! 제발 좀!"

"크아아아악!"

"크허억!"

폴라리스 왕국군은 장창만 있는 것이 아니었다.

장창과 방패에 신경 쓰는 동안 어디에서 나왔는지 모를 글라디우스에 심장을 찔리고 손도끼에 이마가 쪼개졌다.

피가 분수처럼 솟아오르고, 팔이 잘려 나가고, 배가 갈라져 흘러내리는 내장을 꾸역꾸역 자신의 뱃속으로 집어넣는 이들이 부지기수였다.

바이큰 왕국의 귀족들과 기사들은 적아 없이 닥치는 대로 검을 휘둘렀다.

하나 이미 전세는 기울고 있었다. 바로 압도적인 폴라리스 왕국군에 의해서 말이다.

병력의 수도 수지만 화살 공격과 마법 공격에 겁을 집어먹은 바이큰 왕국군은 이미 용맹한 폴라리스 왕국군의 상대가 아니었다.

그때 베르누크가 할버드를 들어 올렸다.

"대 폴라리스 왕국의 기사와 병사들이여! 준비가 되었는가?"

"추웅!"

베르누크의 뒤에 도열해 있던 기사들과 경기병, 그리고 궁기병들이다.

그들의 수효만도 이미 7만을 넘기니 결코 작지 않은 병력이라 할 것이다.

하지만 그들이 감당해야 할 적은 바로 바이큰 왕국의 근간인 15만의 바이큰 전사들이었다.

그러나 그들의 얼굴에는 일말의 두려움조차 없었다.

오히려 뿌듯한 자부심이 그들의 얼굴과 눈동자에 자리하고 있었다.

또한 그들의 눈에는 기사 중의 기사라는 폴라리스 왕국의 국왕이 한가득 차 있었다.

"전구운! 돌겨억!"

"돌겨억!"

"하아!"

"히햐아!"

베르누크의 할버드가 내려지고, 폴라리스 왕국의 인장기가 내려졌다.

두두두둑!

7만의 대병력이 움직였다. 바이큰 왕국의 귀족들이 이끄는 병사들은 아국의 병사들이 담당할 것이다. 이미 전세가 기운 그들이니 걱정하지 않아도 될 것이다.

그것은 바이큰 왕국의 실질적인 무력이라 할 수 있는 대전사가 이끄는 15만의 전사 역시 다르지 않았다.

조금이라도 적의 예봉을 꺾기 위해 40만을 밀어 넣었지만 그들의 눈에 보이는 것은 참담함 그 자체였다.

귀족들이 거느린 병력의 허약함에 참담함을 느낄 뿐 죽어 가는 귀족군이 안타까워서 참담함을 느끼지는 않았다. 제 역할조차 제대로 하지 못하는 귀족군이었으니 말이다.

하지만 그들도 깜짝 놀란 것이 있으니 그것은 바로 마법 전력이었다. 마법과 화살의 절묘한 조합은 그들의 심장을 두근거리게 만들었다.

그래도 그들은 충분히 해볼 만하다는 생각을 하고 있었다.

더 이상의 마법이 시전되지 않는 것을 보니 마법 전력의 효용이 끝났다는 것을 알 수 있었기 때문이다.

하나 그것은 그들의 잘못된 생각이었다.

지금은 혼전의 양상. 그 속에 마법을 난사한다면 아군까지 죽을 수밖에 없기에 마법을 사용하지 않은 것일 뿐, 마법 전력이 다하여 마법을 사용하지 않는 것은 아니었다.

거기다 바이큰족의 전사들이 알지 못하는 또 하나는 바로 정령술이었다.

엄격하게 말해서 베르누크의 마법은 정령술과 혼재된 마법이었고, 또한 테레지아 백작은 마법과 같이 사용되었을 뿐 온전하게 중급에 이른 대지의 정령인 노엘의 솜씨라는 것을 그들은 모르고 있었다.

그것이 바이큰족의 전사들이 이 전투에서 파악하지 못한

패착이었고, 그 패착은 바로 이 전투에 적용될 것이다.

"대평원의 전사들이여! 학살할 준비가 되었는가?"

"추웅!"

대전사의 외침에 커다랗게 외치는 전사들이다.

마법 전력이 그 힘을 다한 이상 자신들을 막을 왕국은 없다는 것을 아는 그들은 용기백배하여 외쳤다. 그에 슬쩍 미소 지으며 대전사가 다시 외쳤다.

"되었다! 포로는 없다! 전구운! 돌겨억!"

"돌겨억!"

"돌격하라! 돌격하라!"

"우와아아아~!"

15만의 전사가 움직였다. 그들은 이미 서북 대평원을 달리는 전사가 되어 있음은 물론이다. 그들을 이끄는 자가 광폭한 대전사여서 그러한지 그를 따르는 15만의 전사 역시 광폭하기 그지없었다.

베르누크는 자신을 향해 달려오는 그들을 향해 무표정하게 달려나갔다.

기병과 기병의 전투. 7만대 15만의 전투.

어찌 보면 전투라 볼 수 없을 것이다. 평원에서 병력 수가 두 배나 차이가 나니 당연히 병력이 적은 폴라리스 왕국군이 밀릴 것이라 생각한 것이다.

베르누크가 슬쩍 옆을 보았다.

지금 베르누크의 옆에는 테레지아 백작이 같이 달리고 있었다. 테레지아 백작 역시 베르누크를 바라보고 있었다.

베르누크가 고개를 끄덕였다.

"나의 친구 실라페! 그대의 힘이 필요할지니! 적에게 죽음을! 붐 디 윈드(Boob Di Wind:광범위한 지역에 걸쳐 폭발하는 바람을 발생시키는 정령의 마법)!"

"나의 친구 노엘! 그대의 힘이 필요할지니! 대지의 분노를! 다그 디 웨이브(Dug Di Wave:광범위한 지역에 걸쳐 상대의 발밑에 지진을 일으켜 상대의 중심을 무너뜨리고 작은 연쇄 폭발을 일으키는 정령의 마법)!"

베르누크는 지체없이 정령을 사용했다.

'뭐니 뭐니 해도 선빵이야.'

물론 일국의 국왕으로서 이런 저급한 말을 내뱉다니 참으로 한심하다 생각할 수 있지만, 그렇다고 누가 알겠는가? 겉으로 드러나지 않는 생각을 말이다.

확실히 동네 애들의 싸움이나 이런 대규모의 전투나 다를 게 없었다.

동네 꼬마 애들의 말을 빌리자면, 먼저 코피 흘리는 놈이 지는 것이다.

바이큰족의 전사가 아무리 날고 긴다 하여도 닿지도 않는 거리에서 쏟아내는 정령 마법을 무슨 수로 당할 것인가?

"나의 친구 이그니스! 그대의 힘이 필요할지니! 불의 뜨거움을! 플레어 비트(Flare Bit:수십 개의 작은 화구를 발사한다. 착탄과 동시에 작은 폭발이 생기는 광역 정령 마법)!"

베르누크는 쉬지 않았다. 그에 반해서 거칠 것 없이 폴라리스 왕국군을 향해 쇄도하던 바이큰 왕국의 전사들은 온몸에 불이 붙고, 대지의 창에 꽂히고, 용암에 살이 타올랐다.

비록 그것이 죽음에 이르는 큰 상해는 아닐지라도 당장에 그들이 낙오하거나 전투에 참여할 수 없는 것은 불문가지의 사실이다.

정령 마법은 말과 사람을 가리지 않으니 기마 전투에 있어서 말이 없다는 것은 그저 죽음을 기다리는 것과 다르지 않았다.

"전속으로 현 위치를 이탈한다!"

"추웅!"

하지만 전사들은 만만치 않았다.

그들은 대전사의 명령에 일사불란하게 움직이면서 피해를 최소화하고 있었다.

베르누크도 얼추 짐작할 수 있었다. 그들이 달리 서북 대평원을 질타하는 전사들이 아니니까 말이다.

폴라리스 왕국군과 바이큰 왕국군의 조우는 불과 몇 분 만에 다시 일어났다.

“적에게 죽음을!”

“죽음을!”

베르누크가 크게 외치자 그 뒤를 따르는 기사들과 병사들이 복창을 하며 바이큰 왕국군에게로 뛰어들었다.

“대평원의 영광을 위하여!”

“위하여!”

대전사의 외침에 전사들 역시 대전사의 외침을 복창하며 폴라리스 왕국군에게로 말을 몰아 뛰어들었다.

순식간에 폴라리스 왕국군과 바이큰 왕국군은 생사의 결전으로 접어들었다.

역시나 베르누크는 가장 선두에 서서 가장 많은 활약을 보여주었다. 그 짧은 시간에도 이미 베르누크의 앞에는 제대로 서 있는 전사가 없을 정도였으니 말이다.

“저놈이다! 저놈이 폴라리스 왕국의 국왕이다!”

전사 중의 누군가가 외쳤다. 그들은 베르누크를 알고 있었다. 그 외침을 들었음인지 열댓 명의 전사들이 각자의 무기를 꼬나 쥐고 득달같이 베르누크를 향해 쇄도해 들었다.

베르누크는 그들이 자신을 향해 쇄도해 오는 것을 보고도 여전히 멈추지 않고 할버드를 움직였다. 그의 할버드에 이미 수십의 전사가 고혼이 되었다.

전장의 중심에 있음에도 불구하고 자신들을 무시하고 있

음을 느낀 전사들은 눈에 불을 켜고 각자가 지닌 무기를 휘두르고 찌르며 파상적인 공세를 퍼부었다.

순간 베르누크는 말고삐를 놓았다.

그리고 말의 배를 차니 마치 주인의 심정을 알기라도 하는 듯 빠르게 공세를 퍼부으며 쇄도해 오는 열댓의 전사들 사이로 파고들었다.

지금 베르누크에게 쇄도하는 자들은 상위 전사들이었다. 그러한 그들 열댓이면 대전사는 몰라도 차전사는 너끈히 이겨낼 것이 분명한 실력자라는 것이다.

그러나 베르누크는 바이큰족도 아니고 차전사는 더욱 아니었다. 또한 이들의 수장인 대전사가 직접 온다 하여도 쉽게 승부를 장담할 수 없는 실력자였다.

그러한 베르누크를 감당하기에 상위 전사 열댓은 너무나 허약했다.

베르누크의 할버드가 번쩍이는 순간, 한 전사의 심장이 쪼개져 피분수가 뿜어져 나왔고, 어느새 휘둘러졌는지 한 전사의 심장이 쪼개짐과 동시에 또 다른 전사 한 명의 목이 깔끔하게 잘려 나갔다.

"커억!"

서걱!

"……."

피할 수도 막을 수도 없었다. 그저 눈앞에서 무언가 번쩍이는 순간 순식간에 두 명의 전사가 목숨을 잃어버렸다.

그에 기겁을 한 전사들이 거리를 벌리기 위해 말고삐를 틀어쥐었다.

하나 베르누크는 결코 그들을 놓아주지 않았다. 지극히 무표정한 얼굴로 할버드를 찌르고 뺐었으며, 휘두르고 쪼갰다.

한 명의 전사가 비명조차 지르지 못하고 입을 쩍 벌린 채 주저앉아 그대로 절명하였고, 또 한 명의 전사는 허리가 양단되어 뜨거운 피를 왈칵 쏟아내었다.

"방어에 치중하고 전사들이 올 때까지 기다린다!"

어느 전사가 외쳤다.

지금 상황에서 그 전사의 말은 옳았다. 하지만 베르누크는 그들을 기다려 줄 심사가 아니었다. 자신이 늦으면 늦을수록 아군은 더 많이 죽어가기에.

또다시 서너 명의 전사가 죽어갔다. 그에 예닐곱 명의 전사가 득달같이 베르누크를 향해 쇄도했다.

베르누크는 무표정한 얼굴로 자신을 향해 쇄도해 오는 그들을 바라보고는 가볍게 할버드를 떨쳐내었다.

후우우웅!

쩌저정!

베르누크의 애병인 할버드가 무거운 울음을 토해내었다. 그리고 베르누크는 말 위에서 훌쩍 몸을 날려 자신을 둘러싼 스무 명 남짓의 전사를 향해 유령처럼 움직여 그들을 덮쳐갔다.

누가 본다면 절대 다수를 향해 몸을 날린 베르누크가 절대적으로 불리한 싸움이라 할 것이나 드러난 상황은 달랐다.

두려움과 공포에 질린 것은 바로 베르누크를 향해 쇄도하던 스무 명 남짓의 전사들이었다.

콰가가강! 쩌저저적!

거대하게 생성된 베르누크의 오러 블레이드의 기운은 그대로 모든 것을 박살 내버렸다. 말이든 사람이든 그들이 들고 있는 무기이든 그것이 어떠한 것이 되었든 모든 것을 박살 내고야 말았다.

그러한 베르누크의 활약에 질릴 만도 하건만 그것을 바라보는 전사들은 달랐던지 눈에 불을 켜고 베르누크를 향해 쇄도해 들었다.

"놈을! 놈을 죽여라!"

"죽여라! 죽여랏!"

전사들은 베르누크가 누구이든 상관없었다. 그들의 눈에 보이는 것은 오직 피떡이 되어 죽어간 자신의 동료 전사들뿐이었다.

그러하기에 상대가 누구인지도 모르고 얼마만 한 실력이 있는지도 모른 채 살기 어린 목소리에 이끌려 부나방처럼 베르누크를 향해 달려들었다.

하지만 그들은 알았어야 했다. 베르누크는 나이트 킹 이전에 악마왕, 데빌 킹이었다는 사실을 말이다.

어느새 주인이 착지하는 곳으로 달려온 말을 탄 베르누크는 여전히 서늘한 눈동자로 부나방처럼 자신에게 쇄도해 오는 전사들을 바라보고 있었다.

오히려 이것이 더 좋았다.

마침내 베르누크의 주변으로 커다란 원이 생겨나고야 말았다.

베르누크의 주변에는 수없이 많은 시체가 널브러져 있다. 그가 가는 길은 여지없이 커다란 주검이 피를 뿌리며 생겨났다.

바로 그때였다. 한줄기의 오러 블레이드가 베르누크를 향해 떨어져 내렸다.

지금까지 싸운 자들과는 전혀 다른, 파괴적이고 광폭한 기세를 지닌 마스터의 오러 블레이드였다.

그렇다고는 하나 그러한 공세가 결코 베르누크를 당황하게 하지는 못했다.

그저 마치 당연하다는 듯이 할버드를 휘둘러 떨어져 내리는 오러 블레이드를 막아가는 베르누크였다.

CHAPTER
05
발자크 평원 전투 II

쾅아앙!

쿠드드드득!

지극히 찰나의 접전이었으나 마나의 폭풍이 휘몰아치며 베르누크 주변에 널려 있던 시체들이 사방으로 날려가 전투 중에 있는 이들을 덮쳤다.

"크윽! 뒤로! 뒤로 물러서!"

곁에 있던 자들이 대경하여 급급하게 후퇴하며 다급하게 외쳤다. 하지만 이미 늦었는지 상당히 많은 전사와 폴라리스 왕국의 병사들이 중경상을 입고 말았다.

베르누크는 오러 블레이드를 떨쳐내고 자신이 막아낸 반동을 이용하여 다시 거리를 벌리며 훌훌 날아 내리는 자를 바라보았다.

그는 다름 아닌 바로 대전사 타이타누스 카이탄이었다. 대전사 역시 베르누크를 바라보며 서늘한 목소리로 입을 열었다.

"네놈이 폴라리스 왕국의 국왕인가?"

"알면서 묻기는……."

심드렁하게 답하는 베르누크였다. 이미 알고 있었다는 듯이 말이다.

마스터가 셀 수 없이 많은 것도 아니고 바이큰 왕국에서 검으로 자신을 감당할 수 있는 자는 대전사나 대족장 정도라는 것을 모를 리 없는 베르누크이다.

또한 이 발자크 평원 전투를 지휘하는 자가 바로 바이큰 왕국의 대전사임을 알기에 그리 담담하게 말을 할 수 있는 베르누크였다.

"훗! 폴라리스 왕국의 국왕은 미친놈이라는 말이 맞나 보군. 이런 생사를 넘나드는 전투에 직접 선두에 서서 무기를 휘두르다니 말이야."

그 말에 어깨를 으쓱해 보이는 베르누크였다. 별로 대수롭지도 않고 새삼스러울 것도 없다는 그런 표정이다.

"누군지 몰라도 날 너무 잘 아는구만. 내가 좀 미치면 살아남는 병사들이 많아지고 전투가 더 빨리 끝나니 미치는 것이 무에 그리 큰 대수인가?"

베르누크의 담담한 대답에 오히려 말문이 막힌 것은 대전사였다.

상대를 경동시키기 위해 격장지계를 썼건만 오히려 그것을 담담하게 받아들이고 있는 것이다.

그리고 그것보다는 바이큰 왕국군의 우두머리를 끌어들이는 데 성공한 베르누크는 더 이상 말을 이어가면서 전투를 지체할 이유가 없었다.

어느새 냉랭한 표정으로 돌아온 베르누크는 말을 달려 대전사를 향해 쇄도해 들어갔다.

"전사나 기사나 뭐 검으로 말하는 것은 똑같겠지. 말로 노닥거리지 말고 이제 시작해 볼까?"

갑작스럽게 움직이는 베르누크의 모습에 당혹해할 만도 하건만 대전사는 여전히 찐득하고 기괴하게 입술을 비튼 채 베르누크를 바라보고 있었다.

그 순간 베르누크의 앞을 가로막는 이가 있었다.

"비천한 제국의 종자 놈아! 바이큰족의 위대한 대전사님께 가기 위해서는 나를 넘어서야 할 것이다!"

까무잡잡한 피부에 각진 얼굴, 탄탄하고 떡 벌어진 어깨와

날씬하게 뻗어 탄력 있는 허리가 마치 단단한 바위를 연상케
하는 자였다.

대전사는 여전히 아무런 행동도 하지 않았다.

마치 베르누크의 실력을 잠시라도 더 보겠다는 것인지 어
떠한 제지조차 하지 않고 그저 무심한 표정으로 바라보고만
있다.

지금 나선 자는 대전사의 심복인 오부장 중 한 명으로 그
수위에 있는 키아부리누스 크레탄이었다.

오부장은 모두 대전사 다음의 위치인 차전사로서 특히나
그들의 수장인 키아부리누스 크레탄의 실력은 발군으로 비록
대전사는 아니나 1, 20분 정도는 오러 블레이드를 시전할 수
있는 실력을 지닌 자였다.

대전사의 생각에 키아부리누스 크레탄이라면 이기지는 못
한다 하여도 수백 합을 충분히 겨룰 수 있을 것이라 생각한
것이다. 그것을 통하여 상대의 약점을 파악코자 하는 심계 역
시 녹아 있었다.

그 순간 베르누크의 할버드는 이미 크레탄 차전사의 머리
위에서 찍어 내리고 있었다. 그에 아직 베르누크의 진정한 실
력을 모르고 있는 크레탄 차전사는 별 생각 없이 베르누크의
공격을 막아갔다.

쩌저! 콰가가강!

베르누크의 할버드와 부딪친 만월도에서 시작된 충격은 손목을 타고 올라 찰나지간에 크레탄 차전사의 내부를 뒤흔들었다.

"크으으읍!"

크레탄 차전사는 내부의 충격으로 크게 흔들려 목구멍으로 치솟아 오르는 비릿한 선혈 덩어리를 참느라 제대로 숨조차 쉴 수 없었다.

단 한 번의 부딪침으로 내부의 장기가 상한 것이다.

크레탄 차전사는 갑자기 심장이 터질 듯 답답해져 옴을 느꼈다.

그에 지체없이 말을 뒤로 물려 거리를 벌리려 했으나 한 번 잡은 기회를 그리 쉽게 버릴 베르누크가 아니었다.

뒤로 물러나는 크레탄 차전사를 향해 말을 달려 쇄도한 베르누크는 첫 공격의 연장선상에서 한 바퀴 빙글 돌린 할버드를 다시 강하게 내려쳤다.

그에 이번에는 그것을 막지 않고 급급하게 몸을 틀어 회피하려 하는 크레탄 차전사였다.

하나 이미 몸이 둔해진 크레탄 차전사는 결국 베르누크의 할버드를 피하지 못했다.

퍼허억!

"컥!"

투후욱!

크레탄 차전사의 어깨에서 피가 튀었고, 전장의 바닥에서는 여지없이 흙먼지가 일었다.

찰나지간에 몸을 비틀어 피했으나 온전하게 피하지 못하였는지 베르누크의 할버드가 크레탄 차전사의 왼쪽 어깨를 깔끔하게 잘라내고 있었다.

상대조차 되지 않았다. 차전사라면 익스퍼트 최상급의 기사와 같거늘 그러한 차전사조차 단 이 합에 어깨가 잘려 나간 것이다.

적의 실력을 본다는 것이 오히려 적의 사기를 올려주고 아군의 전력을 깎아먹는 최악의 판단이 되어버렸다.

"네 이노옴!"

오부장의 수위인 크레탄 차전사가 위기에 처하자 대전사는 빠른 속도로 앞으로 치고 나와 베르누크를 공격해 들어갔다.

대전사와 베르누크가 부딪치자 그 주변 10미터 이내로 원이 형성되었고, 그 누구도 접근할 수 없게 하였다.

사방에 전투가 계속되고 있었지만 지금 베르누크와 대전사가 있는 곳만큼 흉험한 전장은 없을 것이다. 그들은 다름 아닌 검술의 스승인 마스터 간의 결투였으니 말이다.

콰가가강! 카라라라랑!

전장에 울려 퍼지는 맑은 쇳소리.

그 소리가 어찌나 크던지 수십만의 병력이 서로를 죽이겠다고 악다구니를 쓰는 이 전장 한복판에서조차 선명하게 들렸다.

"크크큭! 이래야지! 이래야 재미있지! 크화하하핫!"

대전사는 앙천광소를 하며 미친 듯이 자신의 애병인 기형의 글레이브(장창과 흡사하며, 손잡이 2미터, 날의 길이 0.5미터로 언월도와 비슷한 무기)를 거칠게 사방으로 휘둘렀다.

콰과과과과!

마치 귀부인이 든 손부채의 부챗살처럼 퍼져 나가는 수십 겹의 오러 블레이드가 부딪치는 모든 것을 박살이라도 낼 듯이 베르누크를 압박해 들어갔다.

이미 상당수의 전사와 병사가 마스터 간의 접전을 보기 위해 거리를 벌렸건만 대전사의 오러 블레이드는 완전히 벗어나지 못한 전사들과 병사들을 집어삼키고 있었다.

"크아아악!"

"피, 피해……."

무기도 사람도, 전사들이 탄 전투마조차도 갈라지고 터져 나가며 한 편의 지옥도가 펼쳐졌다. 적아를 구분하지 않는 광기와도 같은 대전사의 행동에 베르누크는 인상을 찌푸렸다.

"이 자리가 네놈의 무덤이 될 것이다."

그와 함께 베르누크의 할버드에 백색이 화염이 일렁였다. 평소에 오러 블레이드를 잘 드러내지 않는 베르누크가 그의 할버드에 백염의 오러 블레이드를 머금는다는 것은 반드시 상대를 죽이겠다는 의지의 표현이라 할 것이다.

그리고 번개처럼 휘저어지는 베르누크의 할버드.

그리고 찰나의 순간,

콰아앙!

베르누크와 대전사 사이의 공간이 터져 나가며 주변 20미터 안쪽에 마나의 폭풍이 몰아쳤다.

최초 시작된 10미터의 공간은 두 마스터의 난폭한 마나의 전장을 이겨낼 수 없음인지 이미 두 배로 그 공간이 확대되어 있었다.

"크흐음."

그리고 나직하게 베르누크의 귀에만 들릴 만한 나직한 불편한 신음 소리.

대전사는 전력은 아니었으나 자신만만하게 펼쳐낸 자신의 공격을 베르누크가 너무나도 쉽게 받아내자 자신도 모르게 불편한 신음을 토했다.

"크크크. 강하군. 좋구나, 좋아!"

"좋은가? 하면 더 좋은 것을 보여주지."

베르누크의 할버드에서 또다시 눈부신 백염의 오러 블레

이드 토해졌다. 그에 기괴하게 입을 비튼 대전사 역시 자신의 애병인 기형의 글레이브를 득달같이 휘둘렀다.

쿠구구궁!

두 사람의 기운이 마주치자 커다랗고 둔중한 소리가 수십만이 전투 중인 발자크 평원을 뒤흔들 듯이 울렸다.

이미 전사들과 병사들은 멀찌감치 물러나 있는 상황이기에 더 이상의 피해는 없었으나 적과 대치하여 싸우는 와중에도 그들의 눈과 귀는 두 사람의 치열하도록 광폭한 전투에 쏠려 있었다.

그러한 두 마스터 간의 전투를 지켜보는 모든 이는 보고서도 실로 믿기지 않는다는 표정이었다.

그러할 수밖에 없을 것이다. 실제 마스터 간의 전투를 보는 것은 이번이 처음이니 말이다.

물론 마스터라는 존재가 이미 초월적인 존재라는 것은 안다. 그렇지 않다면 어찌 검술의 스승이라는 말이 나왔을까?

하지만 그것을 듣는 것과 실제로 보는 것과는 천양지차였다.

실제 그 둘과 20미터 이상을 이격하고도 베르누크와 대전사가 엉키면서 내뿜는 마나의 파장에 숨이 막힐 정도이니 말해 무엇하랴.

　한편, 테레지아 백작은 좌군장인 게라니오스 크립톤과 치열한 접전을 벌이고 있었다. 크립톤 좌군장은 대전사는 아니나 그 또한 차전사이다. 차전사라는 말은 기사로 말하면 익스퍼트 최상급의 경지.

　기실 크립톤 좌군장은 테레지아 백작을 얕보았다. 일단은 여자라는 점에서였다. 같은 급의 기사라 할지라도 신체적인 약점은 절대 쉽게 메워질 수 없기 때문이다.

　한데 아니었다. 지금 크립톤 좌군장의 얼굴은 그야말로 똥 씹은 얼굴 그 자체였다. 좀체 테레지아 백작을 이겨낼 수 없고, 계속 자신이 일개 여귀족에게 잡혀 있다는 것에 분통을 터뜨릴 수밖에 없는 크립톤 좌군장이었다.

　'이 괴물 같은 년!'

　강하다는 말은 많이 들었다. 상위 전사를 단칼에 베었다는 말도 들었다. 하지만 크립톤 좌군장은 그저 코웃음 쳤다. 얼마나 방심하고 얼마나 단련을 게을리 했으면 겨우 제국의 유민인 여기사에게 목숨을 잃겠느냐고 말이다.

　하지만 싸우면 싸울수록 크립톤 좌군장은 자신의 생각을 수정하고 또 수정해야만 했다. 폴라리스 왕국의 테레지아 백작은 실력도 마나도 검술도 진정 최상 중의 최상이었다.

　'단지 의외일 뿐. 아무리 실력이 출중하다 하여도 내 손에 죽는 것은 변함없을 것이다.'

뿌드득.

소리가 나게 이를 가는 크립톤 좌군장이었다.

그때 무려 30여 분간이나 자신과 격전을 치르고도 이마에 땀방울조차 흘리지 않은 테레지아 백작의 일갈이 크립톤 좌군장의 귓등을 때렸다.

"이제 끝장을 보자꾸나!"

테레지아 백작의 애병인 바스타드 소드에서 소리없이 수십 갈래의 오러 리저넌스가 쭈욱 뻗어 크립톤 좌군장에게 쇄도했다.

순간 숨 쉬기조차 힘들 만큼의 가공할 압력이 크립톤 좌군장을 덮쳤다.

"오냐! 네년의 배를 반드시 갈라 네년의 창자를 보고야 말리라."

크립톤 좌군장은 마치 가공할 압력을, 아니, 저도 모르게 위축된 자신을 털어내려는 듯 거칠게 소리치고는 애병인 커다란 만월도를 휘둘러 테레지아 백작의 바스타드 소드에 맞서갔다.

퍼걱!

쇠와 쇠가 부딪침에도 둔중한 소리가 터져 나왔다. 그리고 둘은 마치 약속이라도 한 듯이 몸을 흔들며 뒤로 물러났다. 겉으로 드러난 모습을 보면 크립톤 좌군장보다 테레지아 백작이 더 충격을 받은 것처럼 보였다.

테레지아 백작은 손아귀에 전해져 오는 아릿한 느낌에 이를 악물었다. 차전사는 역시 상위 전사와는 달랐다.

하나 테레지아 백작보다 더한 충격을 받은 것은 역시 크립톤 좌군장이었다.

목구멍까지 치솟아 오르는 핏덩어리. 억지로 참고 있었지만 이미 앙다문 입술 사이를 비집고 가는 선혈이 흘러내리고 있었다. 다만 전투로 인하여 검어진 얼굴 덕택에 테레지아 백작이 그것을 볼 수 없었을 뿐이다.

'지지 않는다. 아니, 반드시 승리할 것이다.'

눈에 힘을 주며 마나를 끌어 모은 테레지아 백작은 다시 바스타드 소드를 들어 올렸다. 그리고 바스타드 소드의 검첨으로 가만히 크립톤 좌군장의 가슴을 가리켰다.

'물의 정령 운디네여! 나의 몸에 임하라!'

테레지아 백작의 기세가 변하였다.

시리도록 차가운 기세가 주변을 얼려 버릴 듯이 그녀를 휘돌았고, 그녀의 바스타드 소드는 얼음의 칼처럼 날카롭고 차갑게 변하며 거대한 해일이 되어 크립톤 좌군장을 향해 쇄도해 들어갔다.

겨우 내부를 진정시키고 호흡을 가다듬던 크립톤 좌군장은 마치 몸이 얼어버릴 것 같은 추위와 함께 덮쳐오는 거대한 해일에 숨이 턱턱 막히고 눈앞이 깜깜해졌다.

'뭐, 뭐지?'

크립톤 좌군장은 본능적으로 자신에게 최대의 위기가 닥침을 알았고, 수중에 들고 있던 만월도를 들어 실체도 없이 옥죄어 압박해 들어오는 기세를 상쇄하기 위해 온몸의 마나를 쥐어짜듯이 모아 맞섰다.

콰르르르릉!

마치 파도가 바위를 때리는 듯한 굉음과 함께 크립톤 좌군장의 몸이 급속하게 뒤로 팅겨졌다.

정신이 아득해지며 겨우 진정시켰던 내부에서 다시 비릿한 향을 내는 무엇인가가 목구멍으로 치솟았다.

이번 한 수로 자신이 여실히 밀렸다는 것을 안 크립톤 좌군장은 눈을 부릅떠 테레지아 백작을 쏘아보았다.

'이… 내가 밀려?'

확실하게 우세를 점한 테레지아 백작은 결코 이 순간을 놓치지 않으려 하였다.

그에 테레지아 백작은 피의 장미라 불리는 자신의 애칭처럼 달콤하나 더없이 차가운 목소리로 물었다.

"고작 이 정도인가?"

"이… 이……."

수치심으로 얼굴이 붉어진 크립톤 좌군장.

머리의 한쪽 구석에서 무언가 툭 끊어지는 듯한 느낌이 들며 그의 왼손이 마침내 말의 고삐를 놓고야 말았다.

그사이 베르누크과 대전사의 전투는 더욱더 가공할 지경으로 치닫고 있었다.

쿠구구궁! 쩌저저저적!

하늘이 갈라지고 땅이 뒤집어지는 듯한 요란한 소리를 내며 푸른 마나와 검붉은 마나가 서로 상쇄되는 것을 본 베르누크는 예의 무표정한 얼굴로 묵묵하게 할버드를 떨쳐내고 있었다.

연속적으로 떨쳐지는 베르누크의 할버드에 수십, 수백 줄기의 마나 다발이 회오리처럼 휘몰아치며 대전사를 향해 쇄도했다.

그럼에도 대전사는 눈 하나 깜빡하지 않고 진득한 미소마저 지은 채 베르누크의 공격을 하나하나 무산시키고 있었다.

이미 그 둘이 격전을 치르고 있는 주변 사방 20미터는 마치 무슨 마법이 쏟아져 폭발이라도 한 것처럼 푹푹 파이고 어지러져 이곳이 진정 인세의 지옥이라 할 정도로 무참하게 변해 있었다.

두 사람은 이미 말을 타고 있지 않았다. 그 둘은 허공에 떠 있었다. 마치 마법사의 플라이 마법처럼 말이다. 그리고 허공에 뜬 채로 그들은 서로를 향해 끊임없이 공격과 방어를 시도하고 있었다.

"크하하핫! 죽는 거다!"

일순 치열한 공방임에도 불구하고 지겨웠던지, 아니면 치명상을 입히지 못한 것에 분노했던지 대전사가 광소를 머금으며 기형의 글레이브를 휘둘렀고, 검붉은 오러 블레이드가 마치 초승달처럼 휘어 베르누크를 향해 날아갔다.

베르누크는 그 공세가 실로 만만치 않음을 느껴 할버드를 수십 번을 휘둘러 하나의 막을 형성해 내니 그것은 바로 오러 맴브레인이었다.

마나로 만들어낼 수 있는, 그 무엇도 뚫을 수 없는 마나의 방패.

쿠후우와아앙!

"크흐읍!"

굉음과 함께 드러난 장내에서는 가을에 떨어지는 나뭇잎처럼 훌훌 날아 무려 10미터나 물러나 떨어져 내리고 있는 대전사의 처참한 모습이 있었다.

"울컥! 크으으음!"

그리고 착지하는 동시에 검붉은 선혈을 울컥 토해내는 대전사.

공격은 그가 했음에도 불구하고 오러 맴브레인에 의해 반

탄되어 오는 충격에 오히려 내상을 입고 만 대전사였다.

아직도 그 충격이 가라앉지 않았는지 손아귀부터 시작해 어깨까지 저릿저릿함에 가볍게 손을 털어 보인다. 하지만 이내 허리를 꼿꼿하게 펴며 일어서서 베르누크를 쏘아보았다. 결코 약세를 보이기 싫다는 것이리라.

실력만큼이나 중요한 것이 바로 기세이다. 마스터들 간의 전투에 있어서 그저 무심코 지나갈 수 있는 것은 하나도 없었다.

"크흐웃! 재미있군, 재미있어. 감히 나를 상대할 자가 대족장 이외에 또 있다니 말이야."

아직 가시지 않은 검붉은 핏물을 잇새로 흘리며 기괴하게 비틀리는 대전사의 입매.

그러한 대전사의 눈동자는 지금 광기로 번들거리고 있었다.

그에 조용히 베르누크의 입이 열렸다.

"짐도 무척이나 흥미롭군. 버서커에 들고도 미치지 않다니."

베르누크의 혼잣말 같은 말에 기괴하게 꿈틀거리는 대전사의 눈썹이다.

"크크크. 알고 있었는가?"

마치 아무렇지도 않다는 듯이, 이미 예상할 줄 알았다는 듯이 입매를 뒤틀어 웃음을 흘리며 답하는 대전사였다.

하나, 그의 내심은 놀라고 또 놀랐다. 지금의 자신의 상태는 실제 몸에 마나를 침투시켜 휘젓지 않는 이상은 절대 알 수 없는 현상이라 할 수 있었다.

대평원의 바이큰족만이 가지는 오버 마나 플로에 의한 것이니까 말이다.

절대로 그저 무기를 부딪쳐 전투를 한다 해서 쉽게 알아낼 수 있는 그러한 것이 아니었다.

한데 마치 자신의 내부를 들여다본 듯이 하는 베르누크의 말에 경각심이 들 수밖에 없었다. 하지만 결코 겉으로 그러한 내심을 드러낼 필요는 없었다.

"모를 것이라고 생각했나?"

"상관없겠지. 알든 모르든 한 가지 분명한 것은 있지. 네놈은 분명히 이 자리에서 죽는다는 것이다."

피식.

헛웃음을 흘리는 베르누크.

자신의 물음에 친절히 답하는 대전사. 그는 지금 시간을 벌고 있는 것이었다. 겉으로는 큰 타격을 받지 않은 듯 여유로운 표정을 짓고 있지만 이렇게 시간을 벌음으로써 진탕된 속을 다스리려고 말이다.

"조금 더 기다려 줘야 하나? 생각보다 많이 상한 모양이지?"

베르누크는 대전사를 향해 나직하게 쐐기를 박았다.

알고 있으니 여유 부리지 마라. 더 기다려 줄까 하는 식의.

어찌 보면 상대를 배려해 주는 듯하나 대적하고 있는 대전사의 얼굴을 더 이상 흉악해질 수 없을 정도로 일그러지고 있었다.

"크카카카캇! 이 평원의 대전사 타이타누스 카이탄이 적장에게 동정을 얻는구나!"

얼굴을 젖혀 하늘을 바라보며 커다란 괴소를 흘리는 대전사였다. 하지만 이내 그 괴소는 뚝 그치고 싸늘하고 광기 어린 눈초리로 베르누크를 바라보며 씹듯이 외쳤다.

"폴라리스 왕국의 국왕 베르누크 아이젠! 내 너를 인정한다! 해서 너에게 전사로의 죽음을 내려주마!"

촤하아앙!

괴소와 함께 일갈을 내지른 대전사가 양손을 넓게 펼쳤다. 자신의 병기인 글레이브를 버리고 양손을 넓게 펼친 게 아닌, 바로 똑같은 크기의 글레이브가 순식간에 두 자루가 되어 양쪽으로 펼쳐졌다.

마치 이제는 전설로만 알려진 드래곤이 거대한 몸체를 띄우기 위해 양옆의 날개를 활짝 펴듯이 말이다.

마치 세상의 모든 것을 단 한 번의 날갯짓으로 파괴해 버리겠다는 듯이 검붉은 장막을 형성하고 있는 두 개의 글레이브.

콰각!

베르누크는 이내 할버드를 대지에 박아 넣었다.

대지를 가르며 세상의 모든 것을 파괴할 듯 검붉은 화염을 일으키고 있는 대전사를 향해 일직선으로 내달렸다.

대전사는 마치 스스로가 신이라도 된 양 활짝 펼친 검붉은 장막의 날개로 하늘로 솟아올랐다.

"이제 끝을 내자, 폴라리스 왕국의 국왕인 베르누크 아이젠이여!"

대전사가 고개를 쳐들고 바라보아야 할 정도로 높게 솟아올랐다.

그는 아주 느릿하게 두 개로 나뉜 글레이브를 뒤로 접어서 다시 서서히 앞으로 둥글게 흐르듯이 흘려 내리고 있었다.

앞에서 보면 커다란 바퀴 같은 원 두 개가 굴러오다 종내에는 다시 하나로 합쳐지는 것과 같은 느낌이 들었다.

그 하나로 합쳐진 바퀴는 서서히 구르면서 점점 더 강대해지면서, 조금씩 더 빨라지고 있었다.

그리고는 마침내 세상 어디에도 없을 거대한 바퀴가 되어 베르누크를 집어삼키려 들었다.

그 순간 일직선으로 대전사를 향하던 베르누크의 신형이 멈춰 섰다.

베르누크 역시 한 손으로 잡고 대지 깊숙이 박아 내달리던 할버드의 손잡이를 두 손으로 잡았다.

"말했지. 여기가 네 무덤이라고."

쭈와아아악!

대지와 함께 그대로 할버드를 그어 올리는 베르누크.

백염의 오러 블레이드도 없었고, 대기를 공명하는 무서운 굉음도 없었다.

다만 마치 고급 면직물이 찢어지는 듯한 소리만이 있을 뿐이다.

베르누크를 향해 거침없이 굴러오던 거대한 바퀴가 소리조차 내지 않고 한가운데가 그대로 갈라졌다.

붉은 흉광을 내뿜던 대전사의 눈이 부릅떠졌다.

잔인한 괴소를 흘리던 그의 입은 자신도 모르게 벌어지고 있었다. 또한 득의만만해하던 얼굴은 지옥의 악귀처럼 일그러졌다.

자신을 향해 쏘아져 오는 무형의 기운.

자신의 최후의 절기인 피의 수레바퀴마저 마치 치즈 썰듯 썰어버리고 거침없이 쇄도해 오는 그 무형의 기운에 대전사는 옴짝달싹도 하지 못했다.

'여기서… 죽는 건가?'

죽음을 예감했다.

하나 그 순간,

"안 돼~!"

누군가가 자신의 앞을 가로막았다.

그 누군가는 결코 한 명이 아니었다. 무려 다섯 명의 전사였다.

바로 평생을 대전사의 그림자처럼 살아온 이들, 오부장이었다.

베르누크에 의해 왼팔이 잘려 나간 키아부리누스 크레탄이 먼지가 되어 스러졌다. 안드로포스 크레손은 폭발하듯 터져 나갔다. 크레마트스 크샨트와 코스메투스 크레손은 수직으로 이등분되어 버렸다.

콰지지지지직!

"크하아아압!"

무언가 부서지는 듯한 소리와 땅이 파이면서 끌리는 소리가 한꺼번에 들려왔다. 무채색의 빛이 가라앉은 장내에는 지금의 상황이 적나라하게 시야를 가득 채우고 있다.

대전사를 따르는 다섯 명의 오부장 중 네 명이 제대로 된 저항조차 하지 못하고 죽었고, 마지막 남은 사이란티우스 크레몬조차 온몸이 난자당해 시뻘건 피를 흘리며 죽어갈 듯이 숨을 헐떡이고 있다.

"대전사! 피하십시오!"

그때 귓가에 들려오는 외침에 대전사가 고개를 획 소리가

나도록 돌리며 무서운 눈초리로 그 말의 주인공을 바라보았
다.

무언가 말을 하려던 대전사였으나 다음으로 이어지는 전
사의 말에 이내 말문을 닫고 말았다.

"부디 오부장의 복수와 저의 복수를 해주시길."

부관인 에페이로스 키케로가 생의 마지막이 될 순간을 정
함에 대전사는 할 말이 없었다.

부관만이 아니었다. 부관의 옆에는 어느새 우군장인 에우
리피테스 클린튼까지 가세하고 있었다.

"반드시 살아서 복수를 해주시길."

그 둘은 대전사의 말을 듣지도 않았다.

서로의 눈을 부딪치고 무겁게 고개를 끄덕이더니 곧바로
베르누크를 향해 쇄도해 들어갔다.

"부디… 복수… 를……."

그 말을 마지막으로 오부장의 마지막 생존자인 사이란티
우스 크레몬이 숨을 거두었다.

대전사의 눈이 붉어졌다. 하지만 절대 광기에 젖은 것은 아
니었다.

그의 눈동자에는 죽어 싸늘해진 오부장과 죽을 줄 알면서
도 적장을 향해 몸을 날리는 두 명의 차전사가 들어 있었다.

기실 대전사는 더 이상 전투를 지속할 수 없었다. 다섯 명

의 부장이 베르누크의 치를 떨 만큼 무서운 공세를 막아내었
으나 그 여파는 고스란히 대전사에게 전달되었다고 해도 과
언이 아니다.

그만큼 베르누크의 마지막 일수는 무서웠다. 아니, 몸이 멀
쩡하다 해도 제대로 받아낼 수 있을까 하는 생각이 들 정도의
파괴력이 있었다.

때문에 이미 그 전해지는 마나의 파동만으로도 대전사의
내부를 진탕시키기에 충분했다.

그나마 마스터에 오른 대전사이기에 겨우 버티고 있다고
해도 과언이 아니다.

실제 대전사는 목구멍까지 치솟아 오르는 핏덩이를 눌러
참고 있는 중이었다.

하지만 그 잇새를 통해 가느다란 핏줄기가 흘러내는 것까
지는 참아낼 수 없었는지 그의 입가에는 가는 선혈이 흘러내
리고 있었다.

그러한 그가 억눌린 목소리로 마치 씹듯이 입을 열었다.

"살아서… 복수를 해주마. 반.드.시!"

대전사는 말에 겨우 올라타 고삐를 잡고 몸을 지탱하였다.
그의 얼굴에는 곤혹스러움과 치욕, 그리고 고통이 한꺼번에
떠올라 있었다.

"도망치는가?"

베르누크의 말에 대전사의 전신이 가늘게 떨렸다. 치욕스러웠다. 대평원의 대전사가 적을 앞에 두고 등을 보인다는 것 자체가 말이다.

하나 수하들의 죽음을 결코 헛되이 하고 싶지는 않았다.

대전사는 몸을 돌려 곧장 사라졌다. 베르누크는 득달같이 말을 잡아타고 대전사를 추격하려 하였다. 하나 베르누크의 바람은 이루어지지 않았다.

"갈! 대전사께 가려거든 우리를 넘어야 할 것이다!"

방어도 없이 오로지 공격 일변도로 쇄도해 오는 두 명의 전사. 베르누크는 직감하고 있었다. 이들은 자신을 막으려 하는 것도 있으나 이미 죽음을 각오하고 있다는 것을 말이다.

아무리 실력이 떨어진다 하여도 생명을 도외시한 익스퍼트 최상급 전사들의 공격은 마스터 역시 경시할 수 없었다.

그에 베르누크는 말을 몰아 도망가는 대전사를 일별하고는 쇄도해 오는 두 명의 전사를 무심하게 바라보았다.

이미 대전사를 쫓기에는 늦었음을 느꼈다.

촌각을 다투는 상황에서 둘이 가로막는다면 결코 그를 따라잡을 수 없기 때문이다. 고저없는 베르누크의 음성이 튀어나왔다.

"죽음을 원한다면."

후와아아앙!

바람이 불었다.

대기를 찢어발기듯 광폭한 바람이 불었다.

마치 지금 베르누크의 심정을 그대로 반영하듯이 거세게 불어오는 바람이었다.

"흐어엇!"

"크흐읍!"

사방에서 몰아치는 바람. 그러나 베르누크에게 쇄도하던 두 명의 전사는 아무것도 볼 수 없었다. 그저 등이 베이고, 허리가 베이고, 팔이 베이고, 다리가 베였다.

앞으로 나아갈 수도 없고 막을 수조차 없었다.

잠시 동안 허공에 머문 그들이 볼 수 있었던 것은 단지 찰나의 순간 그들의 눈앞을 스치고 지나가는 빛으로 유형화된 날카로운 바람뿐이었다.

투둑!

떨어져 내리는 두 전사의 몸뚱어리.

하지만 이미 베르누크의 신형은 그곳에 없었다. 어느새 이제는 손톱만큼이나 작아진 대전사가 달아나는 쪽으로 말을 몰았다.

'불의 활!'

말 위에서 마치 화살을 쏘듯 양팔을 들어 올렸다. 그는 진지한 자세로 과녁을 재듯 활시위를 당겼다.

이곳이 전장이 아니었다면 다들 소리 내어 웃었을 광경이다.

그러나 그러한 이들도 이내 입을 닫아야 했을 것이다.

슈화아아악!

베르누크는 활을 쏘았다. 그에게 화살이 있던 게 아니다.

바로 불의 상급 정령 이그니스의 화살을 쏘아 보낸 것이다.

붉게 이글거리는 홍염으로 만들어진 화살이 빠르게 전장을 관통했다.

"보이는가, 바이큰 왕국의 차전사 게라니오스 크립톤이여!"

"퉤! 감히 내 앞에서 어쭙잖은 격장지계를 쓰려 하느냐!"

이글이글 불타오르는 눈동자로 테레지아 백작을 바라보며 입에서 한 움큼의 핏물을 뱉어내는 크립톤 좌군장.

지금 그의 전신은 선혈이 낭자한 상태였다.

대바이큰족의 차전사인 그가 이토록 낭패를 당한 적은 단 한 번도 없었다.

손이 덜덜 떨리고 있다. 너무나 과도한 마나를 쥐어짰던지 온몸에 힘이 하나도 남아 있질 않았다.

그는 얼마든지 더 상대할 수 있다는 듯이 호기롭게 외치며 침을 뱉어냈으나 내뱉은 침에는 검붉은 핏물이 가득하였다.

이미 내부가 상하여 제대로 서 있기도 힘든 상황임이 분명함에도 버티고 서 있었다.

"게라니오스 크립톤 좌군장이라고 했던가? 네가 그리도 믿었던 대전사가 저기 비루먹은 강아지 모양을 하고 달아나는 것이 보이느냐고 했다."

"뭣이?"

고개가 획 돌아가는 크립톤 좌군장. 그때 그는 보았다. 붉디붉은 홍염의 화살이 빛의 속도로 대전사를 향해 쏘아져 나가는 것을 말이다.

"저건 무슨……."

부지불식간에 크립톤 좌군장이 허탈한 음성을 내뱉었다. 있을 수 없는 일이 일어나고야 말았다.

바이큰족의 우상인 대전사, 그가 도망가고 있다니.

"지금 걱정할 것은 대전사가 아닐 터인데……."

강한 충격에 잠시간 자신이 지금 무엇을 하고 있는지, 어떠한 곳에 있는지를 잊어버린 크립톤 좌군장의 귓등으로 서늘한 목소리가 들려왔다. 크립톤 좌군장의 목이 바람 소리가 나도록 돌려졌다.

쐐애애액!

무식하게 빠른 속도로 자신의 미관을 향해 쇄도해 오는 테레지아 백작의 바스타드 소드. 크립톤 좌군장의 눈이 더 이상

커질 수 없을 정도로 커졌다.

퍼억!

주르르륵!

콩알보다 작은 구멍이 미간에 생겨났고, 그 콩알보다 작은 구멍에서 검붉은 피가 주르륵 흘러나왔다. 눈이 급격하게 깜빡여지는 크립톤 좌군장.

"이곳은 전장이지."

그 말과 함께 테레지아 백작의 신형이 돌려세워졌다. 신형을 부르르 떨던 크립톤 좌군장이 무너지듯 떨어져 내렸다.

그의 입은 여전히 무슨 말인가를 하려는 듯 달싹거렸지만 여전히 아무런 소리도 흘러나오지 않았다.

쾌애애액!

등 뒤에서 들려오는 굉음과도 같은 소리. 빠른 속도로 전장을 이탈하던 대전사가 귀에 거슬리는 그 소리를 듣고 몸을 돌려세웠다. 그의 눈에 보이는 것은 홍염이 이글거리는 날카로운 그 무엇.

부지불식간에 글레이브를 휘둘러 죽음의 살기를 담고 이미 지근거리까지 접근한 홍염의 그 무엇을 내려쳤다.

쿠화아아아앙!

"크흐읍!"

손아귀가 터져 피가 흘러내렸다. 결코 가볍지 않은 무게가 담긴 그 무엇이 대전사의 공격을 무위로 돌리고 그대로 대전사의 어깨를 관통해 버렸다. 아찔하게 전해지는 충격에 심장이 격하게 펄떡였다.

"대전사 각하!"

그때 대전사의 뒤를 따르던 좌군장 게라니오스 크립톤의 부관이었던 발레리 니콜라에프 백작이 그의 곁으로 다가왔다. 답답한 신음성 속에서도 대전사는 눈을 찌푸렸다.

니콜라에프 백작은 제국의 유민.

가문을 위해 제국을 배신한 인물이다.

그러한 그가 절대 곱게 보일 리는 없었다. 발톱의 때만큼도 여기지 않던 작자가 자신의 곁에 남아 있음에 절로 눈살이 찌푸려진 것이다.

그 와중에 대전사의 머리를 스치듯 지나간 생각.

'배신하지 않은 건가?'

일단은 안도했다.

뼈와 근육이 완전히 박살 나 뻥 뚫려 버린 어깨를 부여잡고 황급히 지혈한 후 갈라진 음성으로 대전사는 그에게 물었다.

"보병전은?"

"…후퇴 중입니다."

그 한마디에 모든 정황을 파악한 대전사였다. 지리멸렬할 수밖에 없었을 것이다. 제대로 된 무구를 지급하지 않았으니 말이다. 어차피 그들은 버리는 패, 시선을 끄는 패로 사용한 것이니까.

때문에 제국의 유민이었던 작위를 가지고 있는 자들이나 기사들은 힘에 의해 바이큰 왕국에 머리를 숙이나 실질적으로 상당히 건성인 자들이 많았다. 이 전쟁에 참여하기 위해 끌고 온 병력도 당연히 정예는 아니라는 점을 대전사는 알고 있었다.

그렇기에 자신의 곁에 남아 있는 이 배신의 귀족이 의아하게 생각된 대전사였다.

그는 지금 일군을 이끌고 있다. 이자 외에도 보병전에 참여한 귀족과 기사는 무수히 많았으나, 그 원수와 같은 자신의 곁에 남아 있는 자가 있다는 것이 이상했다.

"왜지?"

"……."

대전사의 물음에 말이 없는 니콜라에프 백작. 그러한 니콜라에프 백작을 뚫어지게 쏘아보는 대전사였다.

"갈 곳이 없지 않습니까? 가문을 위해 제국을 배신했습니다. 한 번 배신했기에 이번에도 그 배신이라는 단어가 뇌리를 헤집고 다니기는 했습니다만, 그래도 귀족이지 않습니까?"

"그것이 무슨 상관인가? 살고 싶다면 상관없을진대."

대전사의 말은 백번 옳았다. 배신과 탐욕이 판치는 시대다. 한 번 배신했다고 해서 누가 손가락질하는 것도 아니다.

더군다나 제국을 배신하는 것도 아니고 죽여야 할, 혹은 가장 두려워하거나 경원시해야 할 대상인 바이큰족을 배신하는 것이니 말이다.

"그래도 제국보다는 이 바이큰 왕국에 제가 더 소용 있더군요. 제국에 있을 때는 제국의 변방 귀족이라 하여 손가락질 받고 천대받았으나 적어도 바이큰 왕국에서는 똑같은 제국의 유민이었습니다. 어차피 저에게 있어서 폴라리스 왕국이나 바이큰 왕국이나 크게 다르지 않습니다. 그리고 바이큰 왕국은 저에게 부사령관의 직책까지 주었으니 팔이 바이큰 왕국 쪽으로 굽더군요."

담담하게 말을 하는 니콜라에프 백작은 알고 있었다.

이 전쟁에서 폴라리스 왕국이 승리하거나 혹은 바이큰 왕국이 승리한다 해도 결코 자신이 설 자리가 없다는 것을 말이다.

이러지도 저러지도 못하는 상황.

그럴 바에는 차라리 모든 것을 스스로의 손으로 정리하고자 한 것이다.

패망한 제국에는 이미 역적이 되었고, 제국을 이은 유민으로서는 배신자가 되었다.

어디에 설 것인가? 해서 니콜라에프 백작은 죽음을 각오하고 있었다. 비록 이 전장에서는 살아남았지만 아직 전투는 많이 남아 있다. 생각건대 폴라리스 왕국은 결코 이대로 물러나지 않을 것이기 때문이다.

"전군에게 후퇴를 알리도록!"

"명을 따릅니다."

명을 받은 니콜라에프 백작은 몸을 돌려 대전사의 명을 수행하기 위해 자리를 떴다.

자리를 뜨는 니콜라에프 백작을 바라보던 대전사는 갑작스럽게 전해져 오는 오른쪽 어깨의 통증에 인상을 찌푸렸다.

지혈을 했으나 무슨 수법을 썼는지 쉽게 피가 그치지 않았다. 이미 뻥 뚫린 어깨 주변의 피부는 거무죽죽하게 변하며 괴사하고 있었다.

상상조차 할 수 없는 어마어마한 실력을 가지고 있는 폴라리스 왕국의 국왕이었다.

인정하기 싫지만, 아니, 절대 인정할 수 없는 사실이지만 폴라리스 왕국의 국왕은 애초에 자신보다 훨씬 더 막강한 실력자라는 것을 이번의 일전으로 충분히 깨달은 대전사였다.

소문이란 부풀려지게 마련이라 하지만 폴라리스 왕국의 국왕은 오히려 소문이 축소되었다는 느낌마저 들었다.

그에 대전사는 피가 끓어오르는 것을 느낄 수 있었다.

대족장을 제외하고는 자신의 상대가 없을 줄 알았다. 모두가 속 빈 쭉정이 같은 존재들이었다. 지금껏 제국으로 넘어와 대륙을 질타하며 자신의 일 합을 받아내는 자가 없었으니 말이다.

심지어는 과거 서부 제일의 검이라 불리던 루이스 페르디난트 후작조차 자신과 대적하여 겨우 오십 합을 버티지 못하고 그 목을 떨구었으니 과연 제국이라는 곳이 그리도 무서운 곳이었던가 하는 회의마저 들었다.

한데 폴라리스 왕국의 국왕이라는 자에게 평생 자신을 따르던 다섯 명의 차전사를 잃었고, 55만이 넘는 대군을 가지고도 패하고 말았다. 그리고 자신은 어깨가 박살 나 꼬리를 말고 도망치고 있다.

그것도 과거 제국의 유민으로 바이큰족에게 고개를 숙이고 알랑방귀를 뀌어대던 재수없는 백작에게 명을 내리면서까지 말이다.

까드드득!

이빨이 절로 갈렸다. 용납할 수도 용서할 수도 없다. 대전사의 눈은 어느덧 붉게 물들어가고 있었다.

붉게 물든 눈으로 전장을 쓸어보는 대전사.

55만의 병력 중 살아남은 이가 겨우 22만 정도밖에 되지 않았다. 그나마 귀족들에 의하여 징집된 병사들은 겨우 15만 정도만 살아남았다.

그나마 눈치가 빠른 그 재수 없는 니콜라에프 백작 때문에 그 정도 살아남은 것일 게다.

최초 15만에 이르던 전사는 겨우 7만 정도 남았다. 전사들과 병사들 모두 절반 이상이 절단 난 상태이다.

55만 중 겨우 22만이다. 말도 안 되는 대패임은 자명한 사실이다.

또한 그 살아남은 22만 중 5만은 가볍지 않은 부상을 입고 있는 병사들이다. 전사들 역시 다르지 않음이니 기실 후퇴조차도 그리 쉽지 않은 상황이라 할 것이다.

'이 치욕, 반드시 갚아주마, 폴라리스 왕국의 국왕 베르누크 아이젠이여!'

대전사는 그렇게 이를 갈며 베르누크가 있는 방향을 바라보았다. 거의 보이지도 않지만 대전사는 베르누크의 시선을 느낄 수 있었다. 아마도 베르누크 역시 대전사의 시선을 느끼고 있을 것이다.

그러한 대전사의 생각은 정확했다. 여전히 전장을 정리하는 와중에도 베르누크는 대전사가 발에 땀이 나도록 도망가고 있는 모습을 바라보고 있었다. 다른 이들은 몰라도 베르누크의 눈에는 분명하고 확실하게 보였다.

"추격합니까?"

“아니.”

베르누크의 말에 카림은 고개를 끄덕였다.

추격하여 저들을 전멸시키는 것도 중요하지만 지금 당장은 수많은 부상자와 사망자를 챙기는 것이 중요했다.

어차피 이 한 번의 전투가 모든 것을 마무리 짓는 것이 아닌 이상 필요 이상의 전투는 삼가야 했다.

“기회이지 않사옵니까?”

어느새 다가왔는지 테레지아 백작이 말을 몰아오며 물었다.

“그럴 수도 있겠지.”

“아니옵니까?”

답을 구하는 테레지아 백작. 베르누크는 말이 없었다. 대신 베르누크의 옆에 있던 카림이 입을 열었다.

“힘의 축적과 함께 기회의 제공이오.”

“힘의 축적은 이해하겠습니다. 아직 추가된 병력의 훈련이 완벽하게 이루어진 것이 아니고 전쟁이라는 것이 단기적으로 끝나는 것이 아니니 타당하다 하겠습니다. 하지만 기회의 제공이라 함은…….”

테레지아 백작의 말에 고개를 끄덕이는 베르누크와 카림이다.

기회의 제공이라는 것에 대해서는 이해하기 어려운 부분

이 있을 수도 있었다. 누구에게 기회를 제공한단 말인가.

"국왕 폐하께옵서는 바이큰족과 바이큰족에게 고개를 숙인 귀족들, 그리고 테레지아 백작의 벽보를 본 이들 모두에게 기회를 주고자 하는 것이오."

"한번 배신한 자들입니다. 자신을 위해서이든 가문을 위해서이든 말입니다. 굳이 그러한 자들에게 기회를 제공할 필요가 있겠습니까?"

그러했다. 한 번 배신한 자는 또다시 배신하게 된다. 왜냐하면 한 번이 하기 힘든 것이지 두 번은 쉽기 때문이다. 배신이든 무엇이든 간에 말이다. 충분히 이해할 수 있는 바였다.

하지만 베르누크와 카림이 노리는 것은 그것이 아니었다. 그에 둘은 조용히 테레지아 백작을 바라보았다. 둘의 시선이 자신에게 쏟아지자 당황하기보다는 오히려 그 시선에는 다른 뜻이 포함되어 있음을 느낀 테레지아 백작.

테레지아 백작은 미간을 모으며 생각에 잠겼다. 그리고 마침내 고개를 끄덕였다. 베르누크와 카림이 그들에게 기회를 제공한 연유를 말이다.

"내분의 확산입니까?"

마침내 눈을 들어 카림을 직시한 테레지아 백작의 물음에 슬쩍 웃음을 지으며 동시에 고개를 끄덕이는 베르누크와 카림이다.

"정확하오. 기회를 제공함과 동시에 아직 탄탄하게 자리 잡은 그들의 틈새를 갈라놓는 것이라 할 것이오. 이미 테레지아 백작의 이름하에 그들을 한번 흔들었소. 이제 그 쐐기를 박아야 할 차례이오."

카림의 말에 고개를 끄덕이는 테레지아 백작이다. 겉으로 드러난 표정은 담담했으나 감추어진 내심은 실로 감탄에 감탄을 거듭하고 있었다.

실로 치밀하다 할 수 있는 계략이다. 이곳 발자크 평원의 전투는 바이큰 왕국은 물론이고 히르센과 이스턴 왕국 구석구석까지 퍼져 나갈 것이다.

이 작전은 작게 본다면 바이큰 왕국으로 한정하겠으나 소문이라는 것은 결코 작게 봐서는 안 되었다.

히르센과 이스턴 왕국 모두에게 퍼질 것이고, 아직 확실하게 왕국의 기틀을 마련하지 못한 세 왕국 모두에게 상당한 타격을 입힐 것이 분명했다.

당장에 바이큰 왕국은 스스로 내부에서부터 붕괴하기 시작할 것이고, 그나마 조금 나은 히르센과 이스턴 왕국 역시 장기적인 시점에서 볼 때 서서히 무너져 내리기 시작할 것이다.

지금 베르누크와 카림은 그 모든 것을 모두 생각하고 있었던 것이다.

다른 이들이 알았다면 실로 치를 떨 만큼의 지독한 계략이라 할 것이다.

테레지아 백작은 가슴 한쪽을 쓸어내렸다.

그러한 자 둘이 폴라리스 왕국의 국왕이고 재상이라는 점에서 말이다.

적으로 만나지 않음에 대한 안도의 한숨이었음은 말할 것도 없으며, 그러한 둘 모두 왕국민을 지극히도 사랑한다는 점에 매우 안심했다.

CHAPTER
06
대전사의 죽음

Knight King

　발자크 평원에서 대패를 하고 물러나는 대전사의 심경은 그야말로 참담했다. 55만의 대병력이었던 것이 이제는 패잔병이 되어 겨우 22만이 남았을 뿐이다.

　그것도 바이큰 왕국의 정예라 일컬어지는 전사의 수는 겨우 7만. 대패도 이런 대패가 없었다.

　바이큰 왕국의 역사가 지속된다면 아마도 후세에 길이 남을 대패가 아닐 수 없었다.

　전투가 있은 이후 한 번도 쉬지 않고 뒤로 내달린 22만의 바이큰 왕국군은 지금 피로가 겹쳐 제대로 된 오와 열을 갖출

수가 없었다.

개중 몇몇은 전투 시 갖추어야 할 손도끼나 활, 혹은 장비 중 무거운 것들을 슬쩍 버리는 이들도 있었다.

대규모 전투에 이은 후퇴, 전투 후유증과 피로, 그리고 급전직하한 사기는 바이큰 왕국군을 단순한 오합지졸로 만들고 있었다.

"대전사 각하, 쉬어야 합니다. 더 이상의 행군은 무리입니다."

말없이 이빨을 갈아붙이던 대전사의 곁을 따르던 니콜라에프 백작이 쉴 것을 권고하였다. 그에 대전사의 눈이 니콜라에프 백작을 향했다. 그를 바라보는 눈동자에는 짜증이 묻어나 있었다.

'다른 전사들은?'

대전사의 곁에 있어야 할 전사들이 보이지 않는다. 하다못해 상위 전사도 보이지 않았다. 대전사는 눈동자가 그들을 찾았다. 그리고 멀지 않은 곳에서 서너 명의 차전사와 열댓 명의 상위 전사를 찾을 수 있었다.

"쉬도록!"

"명을 따릅니다."

대전사는 까닭 모를 짜증이 일었다. 어찌 차전사가 병력 통솔을 주도하지 못하고 배신의 종자가 병력을 통솔한다는 말인가? 어찌 차전사가 자신의 곁을 지키지 못하고 별 볼 일 없는 귀족이 자신의 곁을 지킨다는 말인가?

까딱!

대전사의 손이 움직였다. 그에 잠시 숨을 돌리던 차전사 한 명의 그의 곁으로 득달같이 달려왔다.

웬만하면 피곤을 단번에 날려 버릴 차전사였으나 발자크 평원 전투의 후유증은 쉽게 가시질 않는 모양인지 얼굴에 피곤이 묻어 있다.

"관등성명."

"1전대 소속 선임 만부장 에우로피스 카이트입니다."

15만의 전사는 세 개의 전대로 나뉜다. 세 개의 전대는 각 5만씩 나누어져 있고, 전대장과 부전대장, 그리고 다섯 명의 만부장과 그들의 부관은 차전사로 이루어져 있다.

또한 세 개의 전대 중 1전대가 가장 중앙을, 2전대가 좌측을, 3전대가 우측을 도모하기에 가장 용맹한 전대와 가장 실력을 인정받은 전사 대부분이 1전대에 속해 있다.

"몇 명이나 살아남았는가?"

패퇴한 이후 한 번도 제대로 쉬어본 적 없어 제대로 전력을 파악하지 못했던 대전사는 씁쓸하게 물었다.

"1전대 3만 5천, 2전대 1만 2천, 3전대 2만 3천이 생존했습니다. 그중 1전대의 만부장은 저 혼자이며, 2전대 모두 사망,

3전대는 두 명의 만부장이 살아남았습니다."

"만부장을 부르도록."

대전사가 명을 하자 선임 만부장 카이트는 뒤를 돌아보며 손짓했다. 그에 두 명의 살아남은 만부장이 다가왔다.

평원의 최상급 레드 울프 가죽으로 만든 그들의 방어구는 곳곳이 갈라져 있고 그 안에는 날카로운 생채기와 피딱지가 앉아 있었다.

"관등성명."

"3전대 소속 선임 만부장 헥타이로스 카트론입니다."

"3전대 소속 제3 만부장 아리스토스 칼리파입니다."

말없이 무겁게 고개를 끄덕이는 대전사였다. 순간 베르누크에게 당한 좌측 어깨가 욱신거려 왔다. 저도 모르게 가는 신음을 내던 대전사는 그 아픔을 털어버리기라도 하듯이 입을 열었다.

"전사들을 재편한다. 7만을 하나의 전대로 운용한다. 1전대 선임 만부장을 전대장으로 임명하며 3만의 병력을 일임한다. 선임 전대장은 헥타이로스 카트론으로 임명하며 병력을 2만으로 한다. 제2 만부장은 아리스토스 칼리파로 임명하며 병력을 2만으로 한다."

"명을 따릅니다."

최선의 방책이라 할 것이다. 지금 남아 있는 차전사는 이들이 전부이니 이들을 최대한 활용할 수밖에 없었다.

"만부장 이하 천부장은 그대들의 재량에 일임하며, 전대장은 본대를 따르며, 선임 만부장은 척후를, 제2만부장은 후미를 경계하며 이동한다. 질문은?"

"없습니다."

"각자 위치에서 재편하도록."

"명을 받듭니다."

일사천리로 명을 내리는 대전사였다.

대전사가 달리 대전사가 아니었다. 그에 병력의 휴식을 명하고 돌아온 니콜라에프 백작이 대전사의 옆에 섰다.

"그대를 귀족군의 사령관으로 임명한다. 이하 지휘관은 그대의 재량으로 임명하고 병력을 재편하도록 한다. 또한 중상자는 목숨을 끊는다."

"……."

그에 선뜻 명을 받지 못하는 니콜라에프 백작이었다. 순간 짜증이 치밀어 오르는 대전사였다.

"불만 있나?"

"중상자들은……."

니콜라에프 백작의 말에 싸늘한 비웃음을 베어문 대전사.

"보병 사령관에게 묻겠다. 지금은 전시다. 전시 상황에서 우리는 패퇴하고 있다. 그들을 어찌해야 할까? 살아남은 이

들을 살려 귀환해야 할까, 아니면 죽어가는 이들까지 끌고 가
다 모든 이를 전멸의 구렁텅이에 밀어 넣어야 할까?"

"……."

말이 없다. 지극히 당연한 말이기 때문이다. 지금의 상황
에서, 그것도 이기고 있는 상황도 아닌 죽어라 도망가고 있는
상황에서, 그리고 또 언제 폴라리스 왕국군이 습격할지 모를
이 상항에서 움직일 수 없는 부상자들마저 끌어안는다는 것
은 섶을 지고 불속으로 뛰어드는 것과 다르지 않음을 알기 때
문이다.

이성은 그러했다.

하나 감성은 정반대로 치닫고 있었다. 살릴 수 있으면 살려
야 하지 않겠는가.

그 감성의 한쪽 편에서는 아직도 천대 받는 제국의 유민인
가 하는 생각이 독사의 머리처럼 혀를 날름거리고 있다.

"못하겠나?"

"…하… 겠습니다."

"가보도록."

"명!"

착잡한 마음으로 니콜라에프 백작은 대전사를 뒤로하고
물러났다.

현실은 인정하나 도저히 감정적으로는 인정할 수 없었기

때문이다.

니콜라에프 백작이 무거운 걸음으로 대전사를 대면하고 진중으로 다가오자 몇몇의 기사와 귀족들이 그의 곁으로 다가왔다.

"무슨 일이십니까?"

각진 얼굴, 커다란 체구, 황금색의 짧은 머리, 다부진 어깨, 두툼한 손.

살아남은 기사들을 이끌고 있는 전 서부의 마스터 루이스 페르디난트 후작의 차남 크세노폰 페르디난트였다.

비록 작위 계승권도 없고 사생아이기 때문에 과거에는 무시당하고 천대받았던 그일지라도 지금은 서부 유일의 마스터의 후계자로 기사들 사이에서는 상당한 신망을 얻고 있다.

각박하고 힘든 현실은 조금씩 황음과 자존감에 몸을 푹 파묻고 있던 귀족들과 기사들의 정신을 다시 되돌리고 있었다. 과거를 그리워해서가 아니라 무시당하고 억압받는 현실에 대하여 너무나도 절절하게 인지하고 있기 때문이라 할 수 있다.

"…중상자들을 모두… 죽이라 하네."

어렵게 말문을 연 니콜라에프 백작이다. 그에 그의 주변으로 모여든 기사들과 귀족들은 입을 닫았다.

정말 진심으로 싸웠다. 어떻게든 자신들에 대한 처우를 반전시켜 보고자 말이다.

그런데 돌아온 것은 역시 처음과 다르지 않은 그저 화살받이 대우이다. 이제는 그들을 성토할 힘도 없는지 일제히 입을 닫아버리는 기사와 귀족들이었다.

"이게… 무엇인지 아십니까?"

그때 페르디난트 경이 불쑥 무언가를 꺼냈다.

"무엇인가?"

갑작스레 내밀어진 물건에 대하여 처음 제대로 파악하지 못한 니콜라에프 백작이 되물었다. 그리고 페르디난트 경의 손에 들린 것을 바라보았다. 그것은 다름 아닌 벽보였다.

"읽어보시지요."

무덤덤하게 내밀어지는 벽보. 니콜라에프 백작 역시 무덤덤하게 받아 들었다.

그것은 다름 아닌 폴라리스 왕국에서 과거 제국의 영토 전역에 뿌린 테레지아 백작의 벽보였다.

"자신을 위해서 살라……."

묘하게 말끝을 흐리는 니콜라에프 백작이었다. 과거 같았으면 쓸데없는, 정말 말도 안 되는 소리였을지도 모른다.

하지만 이상하게 지금의 상황에서는 가슴속에 절절히 맺혀 들어왔다.

과거에는 모르겠으나 지금은 이해할 수 있었다.

아니, 이해하는 정도가 아니라 실제로 살기 위해 배신을 하고 또 죽였으니 자기만큼 자신을 위해서 사는 이도 없을 것이다.

"이것을… 왜 가져온 것인가?"

"우리는 아무리 노력한다 하여도 그들에게 있어서 이방인, 혹은 제국의 유민, 또는 배신자에 지나지 않습니다. 마치 과거 비천한 신분을 벗어나기 위해 그렇게도 악다구니를 썼던 노예들처럼 말입니다."

"끄으음."

니콜라에프 백작뿐만 아니었다. 여기 모인 모든 귀족과 기사 역시 뼈아픈 신음을 흘리고 있었다.

과거 그렇게 비천하게 느껴졌던 노예의 삶을 살아가는 자신들이니까.

신분은 귀족이고, 노예를 거느리고 있고, 일족을 거느리고 있으나 자신들은 노예와 다르지 않았다.

아무리 계급이 낮은 전사에도 허리를 숙여야 하였으며, 그들과 분쟁이 벌어질 시 무조건 모든 책임은 자신들이 짊어져야만 했다.

배울 수 있는 기회는 여전했으나 그 또한 차별을 당해야 했다. 과거 평민만큼이나.

과거에는 몰랐으나 지금에 이르러 그렇게 되자 피부로 느낄 수 있었다. 노예나 자신들이나 모두 사람이라는 것을 말이다.

"비록 살기 위해 그들에게 허리를 숙이고 있지만 이 가슴마저 그들에게 숙이고 있지는 않습니다."

중요한 것은 바로 그것이었다. 이 전투에 참여한 귀족과 기사들. 그들은 명예롭게 죽을 자리를 찾고 있었다. 바로 폴라리스 왕국군을 맞서서 말이다.

하지만 죽지 못했다.

죽지도 못하고 붙어 있는 목숨을 부지하기 위해 도망까지 치고 있다. 마음 깊숙하게 침잠해 드는 자신들의 처지에 처음 가졌던 그 의기마저 꺾어야만 했다.

"저는… 이렇게 사느니 차라리 단 한 번이라도 발악을 해 보고자 합니다."

"…그 말인즉슨?"

"생각하시는 것이 맞을 것입니다."

"……."

페르디난트 경과 니콜라에프 백작의 눈이 부딪쳤다.

"나는… 동조할 수 없네."

"동조해 달라는 것이 아닙니다. 그저… 방해하지 말아달라는 것뿐입니다."

"그대들이 일어난다면 나는 막을 것이네."

"왜입니까?"

"……."

페르디난트 경의 물음에 답을 하지 못하는 니콜라에프 백작이다. 자신이 왜 이러는지 몰랐다. 평소라면 아무 거리낌 없을 자신이지만 웬일인지 자꾸 병사들이 눈에 밟혔다.

결국 가문을 위해, 살아남기 위해 모든 것을 포기하고 모두를 배신했건만 모든 것을 버리고 나니 하찮게 여기던 모든 것이 눈에 밟혔다. 마치 그들을 위해 무언가를 해야 함이 당연하다는 듯이 말이다.

제국에 대한 미련도 없고 가문에 대한 미련도 없다.

그렇다고 바이큰 왕국에 충성할 뜻도 없다. 이렇게 싸우다 고냥 죽기를 바랐건만 그 모든 생각을 비웃기라도 하듯이 질긴 목숨은 여태껏 붙어 있다.

니콜라에프 백작의 시선이 쉬고 있는 병사들을 향했다. 그들의 행색은 그야말로 남루하기 이를 데 없었다. 제대로 된 보급조차 없기에 여기저기 찢긴 방어구와 정련되지 않은 무구들.

쾡하게 들어간 눈과 부르튼 입술, 제대로 씻지 못해 땟물이 줄줄 흐르는 얼굴과 푸석한 머리까지.

그들은 희망이 없었다. 그저 여기서 살아남기만을 원했다. 하지만 저들이 살아남을 수 있을지는 미지수이다.

어차피 자신들도 화살받이이거늘 자신들보다 못한 병사들이야 오죽하겠는가?

"저들도 그리 생각할까 모르겠군."

담담하게 말을 하는 니콜라에프 백작의 말에 페르디난트 경의 시선 역시 헐벗고 굶주린 병사들을 향했다. 병사들을 보자 문득 떠오르는 생각.

'저들과 내가 다른 것이 있던가? 과거 나는 저들 틈에서 겨우 목숨을 연명했건만.'

페르디난트 경이 니콜라에프 백작의 물음에 대답조차 하지 않고 힘들게 쉬고 있는 병사들을 향해 걸음을 옮겼다.

애초에 페르디난트 경은 병사들과 숙식을 같이 해결하고 있었기에 병사들은 그가 다가옴에 별다른 행동을 취하지 않았다.

"이름이 뭔가?"

쉬고 있는 병사의 옆에 털썩 주저앉은 페르디난트 경이 물었다.

"해리입죠. 한데 어찌 기사님께서 이런 누추한 땅바닥에……."

"괘념치 말게. 기사도 사람이니 힘들어서 주저앉는데 굳이 자리를 탓하겠는가?"

페르디난트 경의 말에 그저 피식 웃는 병사였다. 멀리서는 몰랐는데 가까이서 보니 상당히 나이가 있어 보인다.

"힘들지 않은가?"

“힘들죠.”

여전히 페르디난트 경을 의식하지 않은 듯 보이는 늙은 병사였다.

하지만 그것이 오히려 더 기꺼운 페르디난트 경이다. 기사들도 힘든데 병사들이 힘들지 않을까? 말도 안 되는 소리이다.

“자원했나?”

“딴은 그렇습죠.”

“왜 그랬나?”

“목구멍에 거미줄 칠 수야 없지 않겠습니까요? 이 늙은 한 몸 고생하면 가족이 먹고사는데 말입죠.”

“죽을 수도 있을 터인데.”

“그래도 선급금을 주지 않았습니까요.”

죽을 줄 알면서도 가족을 먹여 살리기 위해 전쟁에 지원한 늙은 병사.

페르디난트 경은 물끄러미 그 늙은 병사를 바라보았다. 병사들에게 있어서 전쟁은 의미가 없었다.

그저 그것이 가족을 먹여 살릴 수 있는 것이냐 아니냐가 중요했다.

제국 시절이나 지금이나 먹고살기 힘든 것은 똑같다는 말이다.

바이큰족이 다스리거나 제국의 귀족이 다스리거나 살기 팍팍한 것은 매한가지라는 말일 게다.

"적국인 폴라리스 왕국을 어찌 생각하나?"

"무슨 말씀입니까요?"

뜬금없다는 듯이 말을 꺼리는 늙은 병사이다. 뭔가 트집을 잡지 않을까 걱정하는 눈빛이다.

"괜찮네. 지금 여기서 한 말은 절대 자네에게 해가 되지 않을 것이네. 기사로서 약속하지."

그러함에도 아무런 말을 하지 않는 늙은 병사이다. 기사나 귀족들이 자신의 명예를 건다 하지만 그들의 명예 따위를 믿을 평민이나 병사는 없었다.

"어떻게 하면 내 말을 믿겠나?"

"기사님은 어떠할지 모르나 저희는 비천한 평민입죠. 입이 방정이면 달린 목이 쉽게 날아간다는 것쯤은 비천한 평민은 모두 알고 있습죠."

얼른 무릎을 꿇으며 고개를 숙여 마치 살려달라고 듯 애원하는 늙은 병사였다.

말 바꾸기를 손바닥 뒤집듯이 하는 기사들과 귀족인지라 여전히 믿지 못하고 살려 달라 애걸하는 것이다.

그에 페르디난트 경은 그 늙은 병사 앞에 무릎을 꿇었다. 그리고 진중한 음성으로 물었다.

"제발 부탁하네. 답을 들려주게. 나에게는 자네에게 무릎을 꿇고서라도 듣고 싶은 말이네."

그에 화들짝 놀라는 늙은 병사였다.

어찌 기사가 일개 평민 병사를 향해 무릎을 꿇는단 말인가.

한참 동안을 그저 멍하게 페르디난트 경을 바라보던 늙은 병사는 결국 입을 열었다.

"그곳에는 노예가 없다고 합죠. 또한 세금도 겨우 1할이라고 합지요. 원한다면 농사지을 땅도 준다고 합니다요. 자식들은 의무적으로 아카데미를 다녀야 한다고 합지요. 또한 귀족들은 말이 귀족일 뿐 그저 행정관과 다르지 않다고 합지요. 하지만 그러함에도 평민을 쉽게 다루지 못한다고 합니다요. 솔직히 도대체 왜 폴라리스 왕국과 싸우는지 모르겠습니다요. 어차피 제국은 갈라졌는데 말입니다요. 평민에게 있어서 누가 다스리느냐가 중요한 것은 아닙니다요. 그저 먹고살 수 있고 얼마나 평안하냐가 중요합지요."

이것은 진실된 말이라 할 것이다. 평민들의 진실된 생각 말이다.

"하면 폴라리스 왕국에 귀의한다면 어찌할 텐가?"

그 물음에는 잠시 망설였다. 가족을 걱정하는 것일 게다.

"귀의한다 하여도 그들이 가족은 어찌할 수 없을 것이네. 지금은 전쟁 중이니까 말이네. 그리고 인질을 삼는다면 귀족들을 인질 삼지 그들조차도 하찮게 여기는 평민을 인질로 삼 겠는가? 아마도 그들은 대규모의 병력이 폴라리스 왕국에 넘 어감에 쉬쉬하기 바쁠 것이네. 어쩌면 자네들은 명예로운 전 사로 둔갑할 수도 있을 것이네.”

늙은 병사는 페르디난트 경이 무슨 말을 하는지 알 수 있었 다. 산전수전 다 겪은 병사이다. 그러한 병사가 페르디난트 경의 말을 못 알아듣는다는 것 자체가 이상한 일이다.

“그, 그렇다면 우리네 병사들 입장에서야 폴라리스 왕국이 더 좋습죠. 기실 네 왕국 중에서 평민을 위한 왕국은 오직 폴 라리스 왕국밖에 없지 않습니까요?”

“그렇군. 생각을 말해줘서 고맙네.”

“별말씀을요.”

페르디난트 경은 무릎을 펴고 일어섰다. 그리고 또 다른 병 사를 향해 움직였다.

그러한 페르디난트 경의 행동은 계속되었다. 그는 지치도 않은지 잠시의 시간도 쉬지 않고 여기저기를 옮겨 다니면서 병사들의 의견을 물었다.

행군을 하는 시간에도, 쉬는 시간에도, 진지를 구축하는 시 간에도 페르디난트 경의 행위는 계속되었다.

기사들과 귀족들은 그러한 페르디난트 경의 행위에 눈살 을 찌푸렸다.

다만 니콜라에프 백작만이 어떠한 말도 없이 지켜볼 뿐이
다. 오히려 그의 그러한 행동을 감싸고 바이큰족들에게 들키
지 않게 그들의 눈을 가리는 역할까지 해주었다.

그러는 동안 페르디난트 경은 마침내 자신이 목표로 하는
마지막 병사에게 다가가고 있었다.

무려 7일에 걸친 길고 긴 시간 동안 병사들과 먹고 자고 같
이 행군을 하면서 페르디난트 경은 실로 많은 것을 깨달을 수
있었다.

버리니까 비로소 보였다는 말이 옳을지도 몰랐다.

진정으로 병사들의 마음을 알 수 있는 시간이었기 때문이
다.

왜 과거에는 이런 것을 알지 못했을까 하는 생각은 하지 않
았다.

그런 생각을 하면 할수록 자신이 초라해지기 때문이다.

중요한 것은 이렇게 함으로써 페르디난트 경은 병사들의
마음을 얻을 수 있었다.

지금까지 페르디난트 경과 같은 기사는 없었으니 말이다.

그리고 페르디난트 경이 마지막 병사의 앞에 섰을 때는 역
시 다른 병사들과 다르지 않았다.

"자네가 용병 천인대의 천인대장이라고?"

"그렇습죠."

관심을 가지고 지켜보니 조금 달랐다.

그저 스스럼없이 평민들이 쓰는 말을 쓰지만 역시 뭔가 달랐다.

'몰락한 귀족 가문의 자손인가?'

그런 생각이 들 정도로 몸가짐이 단정했다. 어딘가 모르게 자신을 위축하게 하는 그런 느낌이 들었다.

"자네는 다른 이들과 조금 다르군."

"무엇이 말입니까요?"

다르다는 말에 놀라는 것인지 아니면 그저 말을 받아주는 것인지 모를 행동을 하는 용병 천인대장이다.

"이름이 어찌 되나?"

"에르빈 롬멜입니다요."

"에르빈 롬멜이라……. 몰락 귀족 출신인가?"

"뭐 용병 중에 그러한 사람이 한둘이 아닐진대 새삼스러울 것도 없지요."

그러했다. 용병이라는 것 자체가 그러하니 말이다.

그런데 페르디난트 경은 이상하게 에르빈 롬멜이라는 이름이 익숙했다. 어디서 많이 들어본 것 같은 느낌이 들었다.

"우리 언제 만난 적이 있던가? 이상하게 이름이 귀에 익는군."

"어찌 저 같은 자가 감히 페르디난트 경을 뵐 수 있겠습니

까요. 그리고 이 대륙에 같은 이름이 어디 한둘이겠습니까
요?”

“그러한가?”

“그렇습지요.”

하지만 여전히 페르디난트 경은 의심을 지우지 않았다. 하
지만 상관없었다. 이자가 마지막이었기 때문이다.

“자네는 바이큰 왕국이 어떻다고 생각하는가?”

“그냥 그렇습죠.”

“그냥 그래?”

“그렇습죠.”

“구체적으로 말해줄 수 있나?”

그냥 그렇다는 말은 처음 들었다. 맹렬하게 적개심을 드러
내는 일이 대부분이었다.

“그들도 따지고 보면 피해자 아니겠습니까요? 과거 제국
시절 그들은 50년에 한 번 정도 토벌당해야 했습죠. 그러한
그들이 토벌당할 때 어땠을 것이라 생각합니까요?”

“그래서 그들을 옹호하는 것인가?”

부지불식간에 언성을 높이는 페르디난트 경이다. 하지만
용병은 차분했다.

“그것은 아니옵고, 뿌린 대로 거두는 것 아니겠습니까요?
그러함에도 정신을 못 차리는 귀족이나 기사들이 너무 많기

는 합죠. 에그, 말이 옆으로 샜네. 어쨌든 그러한 바이큰족이라지만 객관적으로 봐서 그들은 좋지도 나쁘지도 않습죠. 과거 제국이 했던 일에 비하면 오히려 착하다고 할 수 있지 않겠습니까요?”

“과거 제국이 그들을 어떻게 했는지 아는가?”

“에이, 그것을 어찌 압니까요. 그거야 저지른 제국의 귀족이나 기사들이 더 잘 알 것 아닙니까요. 저야 여기저기 떠돌며 들은 것뿐입지요. 하지만 들은 것만으로도 지금의 바이큰족은 많이 참고 있다는 것을 느낄 수 있습지요.”

이상했다. 바이큰족을 옹호하는 듯한 이 사내가 이상했다. 왜 이런 말을 하는지 종잡을 수가 없었다.

“내가 질문을 잘못했던가? 만약 세 왕국 중 하나의 왕국으로 귀의한다면 어쩔 셈인가?”

처음 늙은 병사에게 물어본 이후 한 번도 묻지 않은 질문이 다시 나왔다. 그동안 병사들에게 이런 질문은 한 번도 던지지 않았다. 매우 민감하기에 우회적으로 물었을 뿐이다.

“폴라리스 왕국입지요.”

1초의 고민도 하지 않고 간단명료하게 답하는 용병 천인대장이다. 오히려 그렇게 나오니 멍한 표정이 되어버린 페르디난트 경이었다.

“솔직히 폴라리스 왕국만큼 평민에게 좋은 왕국은 없습지요. 귀족은 그저 허울뿐. 그들도 노력하지 않으면 당대에서 귀족이 끝나니 항상 평민들의 평을 듣는 행정기관의 평가로 인해 평민들에게 열심인 귀족이 대부분이니 말입지요."

"그러한가?"

처음 들었다. 평민들이 살기 좋은 왕국이라는 것은 소문으로, 혹은 병사들을 통해 듣기는 했지만 이렇게 구체적인 것은 처음이다.

"또한 너무 실리적이라고는 하지만 실제적으로 멸망해 가는 제국을 위해 가장 많은 전투를 치른 것도 폴라리스 왕국이요, 이번 전쟁을 시작한 것은 히르센과 이스턴이지만 정작 바이큰의 목줄을 잡고 승승장구하고 있는 것은 폴라리스 왕국이 아닙니까요?"

그러했다.

실제적으로 이 전쟁은 이미 폴라리스 왕국과 바이큰 왕국 간의 전쟁으로 굳어졌다. 히르센과 이스턴은 무슨 이유에선지 이 전쟁에서 손을 떼고 둘이서 영토 전쟁을 하고 있다.

갑자기 왜 두 왕국 간의 전쟁이 바이큰 왕국과 폴라리스 왕국이 전쟁하는 시점에 벌어진 것인지는 모르겠으나 어쨌든 그러한 상황이기에 처음과 달리 모든 전쟁의 결과를 폴라리스 왕국 홀로 감당해야만 했다.

"그렇군."

"따지고 보면 이 전쟁은 이스턴과 히르센이 과거의 영광을 되찾겠다고 시작한 전쟁이건만 말입지요. 언제나 그랬습지요. 이스턴과 히르센은 말입지요. 과거의 귀족들과 기사들 역시 말입지요. 약속을 손바닥 뒤집는 것보다 쉽게 뒤집었으니 말입지요."

통렬할 정도로 정확하게 짚어내는 용병이다. 오히려 지금 페르디난트 경은 처음 가졌던 의심조차 지우고 용병의 말에 귀를 기울이고 있었다.

"이번 전쟁은 폴라리스 왕국이 이길 것입니다요. 그렇게 되면 지금 영토 전쟁을 흉내 내고 있는 이스턴과 히르센은 고블린처럼 게걸스럽게 눈을 이쪽으로 돌릴 것입니다요. 왜냐하면 다 이긴 전쟁에 포크와 나이프를 얹으면 피해 없이 얻는 것이 많지 않겠습니까요? 생색내기도 쉽고 말입니다요. 그리고 말을 안 들으면 둘이 연합해서 폴라리스 왕국으로 밀고 들어가면 얼마나 깔끔합니까요?"

그리고 전쟁의 추이마저 예측하는 용병 천인대장이다. 그에 퍼뜩 정신을 차린 페르디난트 경이다. 도저히 이것은 일개 용병 천인대장이 가질 수 있는 안목이 아니었다.

"자네는… 대체 누구인가?"

그에 아무 말 없이 히죽 웃는 용병 천인대장이다. 자신이 다른 병사들과 다르다는 것을 알았음에도 불구하고 다른 이

들을 불러들이지 않는다는 것은 그 뒷감당까지 작정한 것이
라 생각한 모양이다.

"폴라리스 왕국의 제1군단장 에르빈 롬멜 백작이라 하네."

"아!"

탄성이 터져 나왔다.

"폴라리스 왕국은 이미 모든 것을 알고 있었던 것입니까?"

전혀 당황하지 않은 페르디난트 경이다. 오히려 그것이 더
이상할 지경이다.

하지만 롬멜 백작은 이미 그가 마음을 정하고 스스로 병사
들과 동화되고 있음을 알기에 당황했으나 적대감이 없다는
것을 느낄 수 있었다.

"이미 후방에 침투한 폴라리스 왕국군이 10만이네. 그중
투마왕이라 불리는 제이 브레이커 백작도 있지. 아마 그대들
이 퇴군하는 도중에 쉴 곳과 먹을 곳을 구하기는 힘들 것이
네."

투마왕이라 불리는 제이 브레이커의 이름이 거론되자 이
번에도 역시 경탄성을 자아내는 페르디난트 경이다.

삼국을 통틀어 투마왕 제이 브레이커를 모르는 기사가 있
을까. 투마왕 제이 브레이커는 바이큰 왕국의 전사들조차도
알고 있다.

그리고 투마왕 제이 브레이커보다는 그 명성이 못하나 마

상 쌍도를 이용해 적을 주살하는 붉은 눈동자 에르빈 롬멜 백
작 역시 모른다면 이 대륙의 사람이 아니라 할 것이다.

"폴라리스 왕국은 진정… 놀랍습니다. 어찌……."

놀랍고 또 놀라웠다. 어찌 이럴 수 있단 말인가? 페르디난
트 경이 사방을 둘러보았다.

처음에 전혀 느끼지 못했는데 지금은 이상하게 달랐다. 마
냥 노닥거리는 힘없는 용병들이 아닌 일정한 간격과 끊임없
이 꿈틀대는 무엇인가를 느낄 수 있었다.

"하나 더 놀라운 것을 알려줄까 하네."

"또 있습니까?"

"있네."

"무엇입니까?"

놀라지 않으리라 다짐했다.

더 이상 놀랄 것이 없을 것이라 생각했다. 하지만 페르디난
트 경은 입을 쩍 벌리고야 말았다. 너무나 놀라 비명조차 지
를 수 없었기 때문이다.

"며칠 내로 기습이 있을 것이네."

"예?"

"이제부터 지옥의 귀환길이 될 것이라는 말이네."

"아……."

어떤 말도 할 수가 없었다. 지금 이 상태에서 기습을 받는

다면 보나마나 뻔하다.

"저들을 살릴 방법이 있습니까?"

"도망치는 것밖에 더 있겠나?"

"도망입니까?"

"이봐, 자네! 저기 저쪽은 누가 경계하나?"

뜬금없이 롬멜 백작은 용병 천인대의 한 용병에게 물었다. 그러자 그 용병은 아주 퉁명스럽게 그 말을 받았다.

"아이고, 천부장님도. 저긴 너무 풀이 억세서 경계하고 자시고 할 것도 없습니다요. 경계한다고 저곳이 경계가 된답디까?"

처음 둘의 대화가 어떤 의미인지 몰라 멍했던 페르디난트 경은 이내 고개를 끄덕였다. 그리고 몸을 돌렸다.

"고맙습니다."

"아직 안 갔나?"

대수롭지 않다는 듯 손사래를 치는 롬멜 백작이다. 그 모습에 용병 중 한 명이 움직여 숲속으로 사라졌다. 그러한 움직임은 그 누구도 파악하지 못했다.

해가 중천에 떴다.

그러함에도 불구하고 바이큰 왕국군은 행군을 멈추지 않았다. 전사들은 말짱하게 말을 타고 가고 있건만 귀족들이 인솔하는 병사들은 픽픽 나가쓰러지고 기사들조차 한 명씩 낙오하기 시작했다.

그에 페르디난트 경은 조용히 선두에서 병사들을 인솔하고 있는 니콜라에프 백작의 옆으로 말을 몰아 다가갔다. 니콜라에프 백작 역시 제대로 먹지 못해서인지 피곤으로 얼굴이 찌들어 있었다.

롬멜 백작의 말은 정확했다. 일주일 동안 바이큰 왕국군들이 먹은 것이라고는 고작 산에서 나는 거친 음식밖에 없었다. 산에서 20만이라는 대군이 먹을 수 있는 식량을 구한다는 것은 어불성설.

폴라리스 왕국군에게 패하고 패퇴한 지 15일 동안 바이큰 왕국군은 제대로 쉬지도 먹지도 못하였다.

쉴 만하면 여지없이 공격해 올 것 같은 함성이 여기저기에서 들려왔고, 먹을 것을 구하러 나간 병사들이 돌아오지 않기가 일쑤였다.

하지만 대전사는 그들을 신경조차 쓰지 않았다. 원래 그러려니 한 것이다. 대전사가 신경을 쓰는 것은 전사들뿐이었다. 그들만 있으면 다시 일어설 수 있으니까. 애초에 제국의 유민을 믿은 것은 아니었으니 말이다.

"오늘쯤이지 않을까 합니다."

"오늘?"

"그중에 지금이지 않을까 합니다."

"하필 왜?"

인상을 찌푸린 니콜라에프 백작이다. 해가 중천인 대낮이다. 기습을 아는 자라면 절대 하지 않을 시간. 적의 허를 찌른다는 면에서는 좋으나, 7만에 이르는 전사들이 건재함에 역시 불리한 조건이라 할 것이다.

"준비해야 하지 않겠습니까?"

"우리가… 살아남을 수 있을까?"

"…살아남아야 하지 않겠습니까? 그래서 한 놈이라도 잡고 가야 하지 않겠습니까?"

그렇게 말을 하는 페르디난트 경은 니콜라에프 백작을 바라보고 있지 않았다.

그의 눈동자는 바로 한참 앞서 나가고 있는 바이큰 왕국의 전사들을 바라보고 있었다.

"전하게."

"명을 따릅니다."

길게 늘어져서 서서히 움직이고 있는 바이큰 왕국군을 바라보고 있는 눈동자가 있다. 그것은 다름 아닌 베르누크와 제이였다.

"제이, 시작하자."

"알았다, 형님 폐하."

제이가 베르누크의 곁을 떠났다. 베르누크는 무심히 떠나
가는 제이를 바라보았고, 이내 시선을 돌려 바이큰 왕국군의
가장 선두에 선 한 사람을 바라보았다. 그는 다름 아닌 대전
사 타이타누스 카이탄이다.

"이제 끝을 볼 때가 되었구나, 바이큰족의 대전사인 타이
타누스 카이탄이여!"

별처럼 반짝이는 베르누크의 눈동자. 물론 그것은 베르누
크 자신만의 생각이다. 그것을 대변이라도 하듯이 까마득히
먼 거리에 있는 대전사는 전혀 다른 느낌을 받고 있었다.

'뭐지, 이 불길한 느낌은?'

대전사는 손을 들어 행군을 멈추고 전방을 살폈다. 산과 산
이 계속 중첩되어 연결된 길이다. 주변에 민가는 물론 영지조
차 없는 산중. 지난 보름 동안 계속 위협은 가해왔으나 결코
실제 공격이 이루어지지 않았음에 약간은 방심하고 있는 상
황이다.

사실 지금 대전사는 조금 지쳐 있었다. 불과 보름 전의 패
배는 정신적으로 무척 큰 충격이었다. 그리고 그 보름 동안
제대로 쉬지도 먹지도 못했다. 그들은 공격하지는 않았지만
언제나 날파리처럼 귀찮게 했다.

해서 전사들 역시 신경이 바짝 곤두서 있었다. 그것도 하루

이틀이지 무려 보름이다. 뒤를 돌아보니 전사들 역시 상당히 지쳐 보였다. 그 뒤로 따라오고 있는 귀족들이 이끄는 병사들은 이미 대오가 흐트러져 제대로 된 행군조차 하지 못하고 있다.

"전대장!"

"부르셨습니까?"

"귀족이 이끈 병력과 전사들 사이의 간격을 넓힌다."

"버리는 것입니까?"

"버린 후 최대한 빠르게 이곳을 벗어난다."

"명을 따릅니다."

카이트 전대장이 보아도 대전사의 판단은 옳았다. 이런 산중에서는 대규모의 병력이 움직이기가 쉽지 않다. 거치적거리는 것이 많은 탓이다.

그렇다면 적이 기습을 한다 하여도 소수일 것이고, 소수라면 귀족들이 이끄는 병력은 오히려 방해가 될 수 있었다.

카이트 전대장이 보기에도 귀족들이 이끄는 병력은 그저 머리수를 채우는, 혹은 화살받이를 제외하고는 제대로 싸울 병력이 못 되었다.

대전사의 명을 받은 카이트 전대장은 선임 전대장인 카트론에게 정찰을 명했고, 제2전대장이 된 칼리파에게 명을 해 후위를 지키도록 했다.

그렇게 어지럽게 병력이 이동할 때 갑자기 행군하는 전사들의 좌우에서 커다란 함성과 함께 아름드리 통나무가 쏟아져 내렸다.

쿠르르릉! 콰가가가각!

물론 통나무만이 아니었다. 통나무에 기름을 부어 불을 붙인 것과 크고 작은 바윗덩어리가 무수히 떨어져 내렸다. 좁은 산길에 양측으로부터 그런 공격을 받으니 전사들이 크게 당황했다.

"방진을 형성하라! 방진을 형성하란 말이다!"

"방패 앞으로! 방패 앞으로!"

"좌우로 밀착! 앞뒤로 밀착하라!"

당황하는 것은 잠깐이었다. 이내 정신을 차린 지휘관급 전사들이 바로 대응해 나갔다.

콰드드드득! 콰지지직!

"하아압!"

전사들은 지휘관의 말을 따랐다. 하지만 그들은 무수한 통나무와 바윗덩어리를 막는 사이 떨어져 내리는 그것들과 함께 그 사이사이에 뛰어 들어오는 폴라리스 왕국의 기사들과 병사들을 막기에는 역부족이었다.

"죽여라!"

"우와아아아! 죽여라! 죽여!"

거대한 통나무와 불이 붙은 통나무, 그리고 바윗덩어리를 막느라 정신이 없던 바이큰족의 전사들에게는 그야말로 날벼락과 같은 폴라리스 왕국의 기사들과 병사들이다.

폴라리스 왕국의 기사들과 병사들은 그야말로 펄펄 날았다. 그들은 충분한 휴식과 보급, 그리고 충분한 훈련까지 모든 것을 완벽하게 갖춘 부대였으니 당연했다.

"크아아아악!"

"마, 막아!"

하지만 그것은 애처로운 외침일 뿐이었다. 그들을 당연하게 구원해 줘야 할 중군 역시 일단의 폴라리스 왕국의 기사들과 병사들의 기습을 받고 있었다. 그리고 그들에게 명령을 내려야 할 대전사는 한 명에게 잡혀 옴짝달싹도 못하고 있었다.

"여어, 오랜만이야!"

"네… 놈!"

"쯧쯧, 얼굴이 많이 상했네."

마치 친구를 대하듯이 하는 베르누크의 모습에 대전사는 거품을 물고 쓰러질 것 같았다. 그와 함께 거의 다 나아가고 있던 왼쪽 어깨의 부상이 다시 욱신거리면서 아파오기 시작했다.

자신을 향해 친근하게 웃으며 다가오는 베르누크를 외면하며 대전사는 전장을 둘러보았다. 완벽한 기습. 거기에 완벽하게 밀리고 있었다.

다수의 병력은 아니었다. 겨우 자신과 비슷한 수의 병력이었으니 말이다.

한데 변수가 하나 있었다. 그것은 바로 따로 떨어뜨려 행군하던 귀족들이 이끄는 병력이다. 허리가 잘렸다.

하면 적이 더 불리할 것이다. 앞뒤로 적을 맞이하니 말이다. 하나 오히려 바이큰족의 전사들이 더 불리했다. 바로 귀족들이 이끄는 병력이 2전대를 압박하고 있었기 때문이다.

대부분의 귀족이 이끄는 병력은 그저 방패를 앞세워 자리만 지킬 뿐이다.

하나 그중 1~2만 정도의 병력이 문제였다. 그 병력이 2전대의 뒤를 치고, 허리가 잘리고, 1전대가 마치 바다가 갈라지듯 갈라지니 전사들은 지리멸렬할 수밖에 없었다.

"이곳까지… 네놈의 계략이더냐?"

어느새 대전사는 마음의 평정을 되찾고 있었다. 평정이라기보다는 너무나 크게 분노하다 보니 오히려 차분해졌다고 해도 과언이 아니다.

"최후를 장식하기에는 좋은 곳이지."

베르누크는 히죽 웃으며 대전사의 말을 받았다.

평정을 되찾은 대전사 역시 마치 친구와 대화하는 것처럼 베르누크를 대했다.

숙적임에도 불구하고 묘한 접점을 가지고 있는 둘이기에 가능한 현상일 것이다.

"그리고 바이큰의 멸망 역시 이곳에서부터 시작될 것이고."

"헛소리! 한 번의 승리에 취해 제멋대로 지껄이는군. 보름 전의 나를 생각한다면 오산이다."

베르누크의 말에 기세를 올리며 큰 소리로 반박하는 대전사였다.

하나 베르누크는 그러한 대전사의 모습에 그저 히죽 웃을 뿐이다.

"물론 보름 전보다 더 약해졌겠지. 마스터에게 있어서 티끌만큼의 차이는 생명의 무게만큼이나 크다는 것을 그대도 알지 않은가?"

"……."

반박할 말이 없다. 보름 전의 상처는 아직도 낫지 않은 상태이다.

마스터의 오러 블레이드가 어디 시중잡배들이 놓는 칼침도 아니고, 제대로 된 신관에게 치료를 받아도 쉽게 아물지 않을 상처임에는 분명하다.

꾸욱!

하기에 이미 대전사는 알 수 있었다. 이곳이 자신의 마지막 장소라는 것을 말이다.

이미 전세는 급격하게 기울어져 가고 있음도 알고 있다. 그렇다고 해서 넋을 놓고 목을 내어줄 수는 없다.

"내가 죽는다 하여도 반드시 네놈의 목은 가지고 가야겠구나."

"쉽지 않을 것이야."

물론 말은 쉽지 않을 것이라고 했지만 베르누크는 자신 있었다.

여기서 대전사를 묻을 자신이 있었다. 하나 마스터이기에 쉽게 마음을 놓지 않을 뿐이다.

둘의 신형이 서서히 허공으로 떠오르고 있었다. 말을 버린 것이다.

하지만 그럼에도 불구하고 둘의 신형은 여전히 허공에 떠 있었다. 마치 평지처럼 말이다.

고오오오옹!

대기를 울리는 거대한 울음이 전해졌다. 그에 베르누크를 상대하는 대전사의 얼굴이 침중하게 일그러진다.

'그때보다 더 강해졌다.'

'조금… 성장했나?

대전사가 느낀 것과 베르누크가 느낀 것은 확연하게 달랐다.

대전사는 암울한 벽을 느꼈다면, 베르누크는 호적수를 이곳에 묻어야 한다는 안타까움이 깃들어 있었다.

베르누크는 마나를 전신으로 돌렸다. 자유롭고도 강력한 마나가 온몸 구석구석을 휘돌고 마침내 베르누크의 애병인 할버드에까지 그 펄떡이는 기세를 유지하며 스며들었다.

그에 대전사 역시 마나를 애병인 기형의 글레이브에 불어 넣었다. 기세와 기세가 맞붙었다. 대전사는 이를 악물고 마나를 더욱더 긁어모아 기형의 글레이브에 불어 넣었다.

'흐읍!'

무려 5미터의 거리가 떨어져 있음에도 불구하고 마치 온몸이 두 쪽으로 쩌억 갈라지는 듯한 느낌에 헛바람을 일으키는 대전사이다.

이전보다 강력해진 베르누크의 섬뜩한 기세에 등골이 오싹해짐을 느꼈다.

찰나지간 베르누크와 대전사가 정면으로 서로 얽혀들었다.

쿠콰가가강! 쩌저저적!

그 순간 대전사의 기형의 글레이브에서 끈적끈적한 무언가가 할버드를 타고 넘어와 베르누크의 손끝을 향해 달려들었다. 너무나도 순식간에 일어나는 현상이다.

베르누크는 손끝에 느껴지는 짜릿한 감각에 즉시 할버드

를 회수하며 뒤로 몸을 날리며 거리를 벌렸다.

"끄끄끄끄, 아쉽군. 쩌어업!"

순식간에 거리가 2, 3미터의 거리가 10미터가 넘게 벌어졌다. 베르누크의 눈동자가 차갑게 가라앉았다. 목숨을 담보로 하는 마나 증폭 기술이다.

"마나 증폭인가?"

"끄끄, 왜? 무서운가?"

물러나는 베르누크를 보며 득의만만해하는 대전사가 기괴하게 웃으며 입을 열었다.

"무섭기는. 조금 버티면 알아서 죽을 것 같구만."

별것 아니라는 베르누크의 말투에 오히려 눈썹을 역팔자로 꺾으며 분노하는 대전사이다. 마스터에 있어서 마나 증폭의 폐해는 감정의 기복이 심하다는 것을 의미하기 때문이다.

"끄끄끽. 네놈이 죽는지 내가 죽는지 해보자꾸나."

대전사는 검붉게 변한 입술을 핥고는 기괴한 미소를 지으며 신형을 박차 베르누크를 향해 득달같이 쇄도해 들어왔다.

그 모습을 바라보는 베르누크는 여전히 할버드를 축 늘어뜨린 채 움직이지 않았다. 마치 아무것도 아니라는 듯이 말이다.

마침내 대전사의 신형이 자신의 권역 안에 들어오자 축 내려뜨린 할버드를 움직였다.

그 순간 기괴한 웃음을 짓던 대전사의 얼굴이 일그러졌다. 단지 할버드를 들어 올렸을 뿐이거늘 숨이 턱턱 막혀왔기 때문이다.

피하기에는 이미 늦었다.

대전사는 처음으로 공포라는 것을 느꼈다. 온몸을 진득하게 옭아매는 공포는 제대로 된 판단을 내릴 수 없게 만들었다.

이미 베르누크의 할버드는 그의 몸과 일직선이 되도록 치켜 올려지고 있었다. 그리고 아주 천천히 슬라임이나 잡을 수 있을까 하는 아주 느린 속도로 베르누크의 할버드가 대전사를 향해 찍어 내려오고 있다.

"뜨허어억!"

득달같이 쇄도해 오던 대전사가 그대로 허공에서 멈춰 섰다. 아니, 쇄도해 들어오던 속도보다 빠르게 피분수를 뿜어내며 뒤로 튕겨져 나갔다. 그에 베르누크의 신형 역시 마치 실로 연결된 것처럼 빠르게 대전사를 따랐다.

후우우웅!

그의 할버드에서 대낮의 태양보다 더 밝은 빛과 함께 대기를 울리는 진중한 기음을 토해내며 수십 줄기의 오러 블레이드가 그물처럼 펼쳐졌다.

"안 돼에에!"

　대전사의 지근거리에서 그를 호위하던 카이트 전대장이 대전사의 위험을 목도하고 몸을 날렸으나 이번에도 역시 부질없는 짓이었다. 베르누크의 할버드에서 세상을 집어삼킬 것같이 터져 나온 수십 줄기의 오러 블레이드가 앞을 가로막는 모든 것을 파괴하며 전진하고 있다.

　가로막는 카이트 전대장을 집어삼킨 베르누크의 할버드는 이내 대전사를 관통하였다. 그와 함께 세상의 모든 것은 멈춰섰다.

　"……."

　무언가 말을 하려는 듯 입을 벙긋거리는 대전사. 하지만 대전사는 아무런 말도 하지 못하였다.

　촤하아아악!

　그의 몸이 갈라졌다.

　사방으로 핏물이 비산했고, 비산한 핏물은 밝게 빛나는 태양빛을 받아 영롱하게 빛났다.

　마침내 바이큰족 대전사의 목이 떨어져 내리고야 말았다.

CHAPTER
07
벌어지는 틈

Knight King

"그러니까… 대전사는 죽고, 대평원은 전대 대족장인 드루실리우스 클레이톤 아래로 통합되었다고? 그래서 대평원의 전사들이 폴라리스 왕국 쪽으로 돌아섰다고?"

"그… 렇사옵니다."

톡! 토옥! 톡!

정적에 휩싸인 왕성 회의실.

가끔 아주 가끔 칼라한 바이큰 국왕이 탁자를 검지로 두드리는 소리만 들릴 뿐이다.

거대한 회의실. 하지만 그 거대한 회의실에는 정적만이 감돌고 있었다.

누구 하나 입을 여는 자가 없었고, 그렇다고 누구 하나 편히 쉬는 자 역시 없었다.

싸늘하게 가라앉은 분위기. 일반인이었다면 이 싸늘하고 적막한 분위기에 질식해 죽었을지도 모른다.

"왜 계획대로 안 된 거지? 온다던 놈들은 오지도 않았고, 별 희한한 벽보 때문에 많은 전력이 사라졌다. 불과 하루밖에 붙지 않는 벽보 때문에 말이야. 그리고 대전사는 죽었고."

회의실을 쓰윽 훑던 칼라한 바이큰 국왕의 시선이 한곳에서 멈췄다. 그곳은 다름 아닌 머리가 반백이 되어버린 군사장 세이건이 있는 곳이다.

"자, 말해보게, 나의 오랜 친우인 미하일로스 세이건이여."

"……."

아주 나직한 목소리였지만 칼라한 바이큰 국왕의 목소리는 회의실 전체를 울리고 있었다.

별로 화를 내지 않은 것 같은 아주 작은 목소리. 하지만 이 회의실에 참석한 전사들은 안다.

'위, 위험하다.'

꿀꺽!

회의실 내의 누군가가 마른침을 삼켰다. 평소 같았으면 전혀 들리지 않을 것이나 지금은 20미터 절벽에서 떨어져 내리는 폭포보다 더 크게 들려오고 있었다.

하지만 누구 하나 마른침을 삼키는 전사를 바라보지 않았다. 오직 세이건 군사장을 바라보는 칼라한 바이큰 국왕의 입만을 바라보고 있었다.

"할 말이 없나보군. 잘못했음을 인정하는 건가?"

"그러하옵니다."

"실패에 대한 책임은?"

"죽음으로 책임을 지겠사옵니다."

자못 비장한 세이건 군사장의 말에 이내 그에게서 시선을 돌려 버린 칼라한 바이큰 국왕의 입에서 무심한 목소리가 흘러나왔다.

"그래? 그럼 죽어."

"국왕 폐하의 성은에 감읍하옵니다."

스걱! 츄하아악!

후두두득!

어느새 꺼내 들었는지 앉은 그 자리에서 자신의 목을 단검으로 그어버리는 세이건 군사장이다.

그 핏줄기가 칼라한 바이큰 국왕의 얼굴까지 튀었으나 그는 여전히 무표정했다.

"보로실로프스 세이런!"

"군사부 부군사장 보로실로프스 세이런! 국왕 폐하의 부름을 받았사옵니다!"

"이제부터 그대가 군사부의 군사장이다."

"성은이 하해와 같사옵니다."

허리를 깊숙하게 숙이고, 무릎을 꿇고, 머리가 땅바닥에 닿고, 손바닥이 바닥에 닿고, 종내에는 무릎까지 펴 납작 엎드리는 세이런 군사장이다. 극상의 예이다.

"예는 그것으로 되었다. 그리고 오늘은 이만 회의를 마치도록 하지."

"추웅!"

"물러가도록. 이틀 후 이 시간에 회의가 있을 것이다. 세이런 군사장, 그대가 해야 할 일을 충실히 해야 할 것이야."

"국왕 폐하의 명을 받드옵니다."

모든 전사와 군사가 물러난 회의실. 그 큰 회의실에 칼라한 바이큰 국왕만이 홀라 앉아 있다.

아니, 목이 잘려 나간 전 군사장 세이건도 같이 있었다.

칼라한 바이큰 국왕은 의자에 몸을 푹 묻고 고개를 살짝 돌려 눈을 뜬 채로 목이 잘려 있는 세이건의 얼굴을 바라보았다. 한참 동안을 그렇게 앉아 있던 칼라한 바이큰 국왕의 입이 열렸다.

"아마도 이것이 마지막일 게야. 그렇지 않나, 나의 오랜 친우인 미하일로스?"

대답이 없다. 아니, 대답이 있을 수 없다.

이미 죽은 이이다. 하지만 칼라한 바이큰 국왕은 마치 살아 있는 자와 대화하듯이 혼잣말을 하고 혼자 짐작하고 고개까지 끄덕였다.

"내가 잘못 가는 것일까? 미하일로스 자네는 어떤가? 내가 잘못 가고 있는 것 같은가? 아! 그랬지. 이러지 말라고. 그래도 어쩌겠나. 이미 너무 멀리 와 버린 것을 말일세."

그리고는 말이 없다.

칼라한 바이큰 국왕의 시선이 세이건 전 군사장의 얼굴에서 벗어나 하늘을 바라보았다. 높디높은 천장이다.

바이큰족의 전설을 그린 멋진 천장화가 눈에 들어왔다. 그 가운데 반짝이는 눈부신 샹들리에.

"이렇게 무너지지는 않을 것이야."

칼라한 바이큰 국왕의 눈빛이 사납게 빛났다.

무언가 결심을 굳힌 듯한 그의 얼굴은 서리가 낄 정도로 냉엄하게 변해 있었다.

"군사장, 시작하도록."

"명을 받사옵니다."

이틀 후, 대회의실.

또다시 바이큰 왕국을 움직이는 전사들과 두뇌들이 한 장소에 모였다. 그들의 얼굴은 이틀 전과 다르게 확연히 긴장하고 있었고, 그와 동시에 자신감에 차 있었다.

나쁘지 않았다. 이래야 했다. 서북 대평원을 지배하는 전사들은 이래야만 했다. 두려움이나 공포 따위는 없는 그런 용맹무쌍한 전사여야만 했다. 칼라한 바이큰 국왕은 오랜만에 느껴보는 전사들의 기백에 저도 모르게 미소 지었다.

만족할 줄 몰라 하던 칼라한 바이큰 국왕이 만족한 웃음을 짓자 새로 군사장에 임명된 보로실로프스 세이런은 은근 자신감이 들었다. 그에 되찾은 자신감으로 작전을 설명하기 시작했다.

"지금 현재 아국이 당면한 상황은 그야말로 사방이 막힌 형국이옵니다. 본토와의 단절, 그리고 대전사의 사망, 거기에 연이은 제국 유민들의 반발로 인하여 전쟁 수행 능력이 확연하게 떨어져 있사옵니다."

"본론으로."

칼라한 바이큰 국왕은 바로 본론을 원했다. 이미 모두 알고 있는 사항. 그 사항을 다시 드러낼 필요는 없었다. 필요한 것은 어떻게 대처해 이번의 위기 상황을 벗어나느냐이다.

"이스턴과 히르센 왕국을 끌어들이는 것이옵니다."

"무슨 망발을……."

"어찌 그런 황망한 말을……."

전사들이 일제히 웅성거리기 시작했다. 대놓고 뭐라 하지는 못해도 역시 상당히 마음에 안 드는 것이다.

하늘 아래 오롯한 대평원의 전사들이다. 그러한 전사들이 일으킨 왕국에서 그깟 북부의 왕국 하나 이겨내지 못하고 그들에게 손을 벌린다는 자체가 굴욕이다.

"이미 그들과 동맹을 맺었으니 그들 역시 아국의 청을 무시하지는 못할 것이옵니다."

전사들이 웅성거림에도 불구하고 그에 전혀 아랑곳하지 않고 할 말을 다 하는 세이런 군사장이었다.

지금 그의 말에는 절박함이 깃들어 있었다. 이제는 더 이상 물러날 곳이 없기 때문이다.

"방법은?"

칼라한 바이큰 국왕은 웅성거리는 전사들을 무시하고 세이런 군사장에게 물었다.

"사신이라기보다는 전사나 기사, 또는 귀족을 파견해야 하옵니다. 그리고 그들에게 얻어내야 할 것이옵니다."

이 또한 상당히 파격적인 의견이다. 자칫 잘못하면 이 자리에서 목이 달아날 수 있음이다. 하나 세이런 군사장은 담담하게 기사들과 귀족들을 언급하였다.

"누구를 보냈으면 하나?"

"히르센 왕국에는 마리오 크레센트 백작을, 이스턴 왕국에는 베네딕트 앤더슨 백작을 추천하옵니다.”

“연유는?”

“마리오 크레센트 백작은 현 히르센 왕국의 군사장인 로버트 오펜하이머 후작과 막역한 사이오며, 베네딕트 앤더슨 백작은 이스턴 왕국의 제1왕자의 장인이 되는 신분이옵니다.”

칼라한 바이큰 국왕은 조용히 고개를 끄덕였다. 이 정도면 상당히 훌륭했다. 지금은 이것저것 가릴 처지가 아님을 그 자신도 알고 있는 상황이다. 우선은 살아남아야 했다.

“조건은?”

“이스턴 왕국은 동부 다섯 개의 성을, 히르센 왕국은 남부의 네 개의 성을 넘겨야 할 것이옵니다.”

갑자기 대회의실이 찬물을 끼얹은 듯 조용해졌다. 동부 다섯 개의 성과 남부의 네 개의 성이라니? 이미 빼앗은 두세 개의 성마저 돌려주었거늘 바이큰 왕국의 영토를 오히려 내주어야 한다는 말에 회의에 참석한 전사들의 얼굴이 딱딱하게 굳어졌다.

“말도 안 되는 소리! 군사는 어찌 그런 소리를 하는 것인가?”

“그러하오. 점령한 곳을 돌려주는 것도 모자라 아국의 영토를 내어줘야 한다니! 그것이 가당키나 하단 말이오!”

바이큰족을 구성하는 열 명의 족장 중 한 명인 키레네스 쿨트란과, 그와 같은 바이큰족의 동부 세력을 형성하고 있는 아카마스 크레타가 분노의 일갈을 터뜨렸다.

"조용하라!"

그때 칼라한 바이큰 국왕이 나직하게 으르렁거렸다. 순간 둘은 자신을 죄어오는 스산한 기운에 몸을 잘게 떨었다.

"크, 크음. 며, 명을 따르옵니다."

"크, 크흐으음."

바이큰족이 칼라한 대족장의 힘 아래 하나로 뭉쳤다고는 하지만 실상 그 안에는 서너 개의 크고 작은 분파가 존재했다.

하지만 그들이 힘을 내지 못하는 이유는 바로 대족장의 강력한 권위와 힘 때문이라 할 것이다.

그러한 판국에 열 명의 대전사 중 가장 그 실력이 뛰어나고 현 대족장의 최측근인 타이타누스 카이탄이 죽어 대족장의 권력이 약해졌을 법도 하건만 여전히 대족장의 권력은 약화되지 않았다.

그것은 바로 평생을 같이해 온 전 군사부의 군사장인 미하일로스 세이건의 목을 쳐냄으로써 모든 전사들에게 경고를 했기 때문이다.

그리고 타이타누스 카이탄이 죽었다 하나, 대족장에게는 여전히 아홉 명의 대전사가 있었다.

물론 그 아홉 명의 대전사가 절대 타이타누스 카이탄을 넘어설 수 없음은 모두 알고 있으나, 남은 아홉 명의 대전사를 넘어설 전력을 가지고 있지 않음도 잘 알고 있는 열 명의 족장들이다.

"군사장의 작전대로 간다. 또한 모든 족장은 전사들을 소집하라. 이스턴과 히르센의 원병이 도착하면 폴라리스 왕국군이 있는 곳으로 진격할 것이다."

"국왕 폐하의 명을 따르옵나이다."

대회의실을 나온 키레네스 쿨트란과 아카마스 크레타, 그리고 그 둘의 주변으로 한두 명의 족장과 열댓의 전사들이 몰려들었다.

"어찌 이럴 수 있다는 말입니까?"

대머리에 송곳수염이 까칠하게 나 있고 눈이 고리눈인 아도니스 크림슨이 대회의실을 나오자마자 분통을 터뜨렸다.

원래 성정이 불과 같았던지 대회의실에서 쏟아져 나오는 이들은 아무도 그러한 크림슨 족장의 말에 귀를 기울이지 않았다.

"조용히 하시게. 사방에 귀가 있음을 모르는가?"

그에 동부 세력을 이끌고 있는 쿨트란 족장이 크림슨 족장에게 주의를 줬다.

그에 다급하게 입을 닫았으나 여전히 성이 풀리지 않는지 씩씩거리고 있는 크림슨 족장이다.

"대족장이 미쳤습니다. 어떻게 세운 왕국이거늘."

주변을 둘러보며 조금은 신경을 쓰며 크림슨 족장의 말을 잇는 크레타 족장이다.

지금 쿨트란 족장을 중심으로 모여 있는 서너 명의 족장과 열댓의 전사들은 모두 얼굴에 불만이 가득하였다.

"대전사들의 일은 어찌 되고 있나?"

"어렵습니다."

"그럴 테지."

"하면 귀족들은?"

조심스럽게 물어보는 쿨트란 족장이다.

이미 많은 이가 대회의실을 빠져나가고 전사들과 족장들마저 마찬가지였으나, 이곳은 왕궁. 항상 말조심을 해야 하고 몸을 사려야 할 곳이다.

"조만간 약속을 잡아야 할 듯합니다."

"약속을 잡는 것은 문제가 되지 않네. 중요한 것은 그들이 믿을 만하냐는 것이네."

"플랑드르 후작 그 자체는 믿음이 없으나, 그가 가진 야망이라면 믿을 만합니다."

"흐음, 야망이라……."

왕궁을 완전히 벗어나고 이제는 쿨트란 족장의 거대한 저택으로 들어서고 있는 전사들과 족장들이다.

잘 꾸며진 정원과 화려하고 고풍스럽게 꾸며진 쿨트란 족장의 저택.

과거 서부의 대영주였던 에드먼드 칼라힐 후작의 저택이다.

바이큰족이 전격적으로 서부 점령전을 할 당시 상당히 애를 먹이던 가문으로 바이큰족이 서부를 점령하고 나서는 그 직계와 방계가 모두 전멸당한 가문이다.

쿨트란 족장과 더불어 몇몇의 족장과 전사들이 저택에 들어오자 하인들이 나와 그들을 마중하였다.

그 모습은 마치 바이큰족이 그렇게도 혐오하고 경멸에 마지않던 과거 제국의 귀족들과 전혀 다르지 않은 모습이었다.

6년이라는 짧은 시간 동안 대평원을 달리던 호쾌하고 호방한 전사들은 사라지고 하인과 하녀의 손에 모든 것을 맡기고 향락과 정치라는 괴물에 먹힌 귀족도 전사도 아닌 자들이 되었다.

그들은 이미 과거 제국을 꿈꾸고 있었다.

과거 제국의 정치와 제국의 귀족놀음을 말이다. 그에 그들은 그렇게 경멸하던 제국의 귀족들과 접촉하고 그들을 품에 안으려 하고 있었다.

문화적인 바이큰 왕국의 앞날을 위하여 그들을 끌어안는 것이 아닌 그들의 시커먼 속내와 욕심을 채우기 위해 아직도 과거를 버리지 못하고 아등바등하고 있는 귀족들과 연합을 하고자 한 것이다.

"흐음. 귀족들의 포섭은 그렇게 하면 될 것이고, 이번 전쟁이 어찌 될 것이라 생각되는가?"

"아무리 폴라리스 왕국이라 하더라도 이번에는 견디기 힘들지 않을까 합니다. 군사장이 겨우 몇 만의 구원군을 바라고자 동부와 남부의 성을 그들에게 주지는 않을 것 아니겠습니까?"

지금 쿨트란 족장의 물음에 답을 하는 자는 쿨트란 족장의 두뇌 역할을 하고 있는 에게너 아이작스 백작으로, 제국의 몰락한 가문의 귀족이었으나 쿨트란 족장의 눈에 뜨여 그의 군사 역할을 하고 있는 자이다.

"하지만 겨우 성채 몇 개로 많은 수의 병력을 보내기에는 어려울 것이네. 그들에게 이득이 없으니 말이네."

"맞는 말씀입니다만 꼭 그렇지만은 않습니다."

"그렇지만은 않다?"

"그렇습니다."

"무언가 생각하는 것이 있는가?"

쿨트란 족장은 얼굴에 의문을 띤 채 아이작스 백작을 바라보았다.

"아국이 아직 자리를 잡지 못했듯이 그들 역시 아직 자리를 온전하게 잡지 못했을 것입니다. 분명 아국과 같이 수면 위로 떠오르지는 않았으나, 현 체재에 대한, 혹은 현 국왕에 대한 반감이 있는 자들이 있을 것입니다."

그에 쿨트란 족장을 비롯한 다수의 족장과 전사들이 고개를 끄덕였다. 그것은 어디나 있는 것이다. 권력이란 것의 속성이 그러하니 말이다.

잠시 말을 끊었던 아이작스 백작이 다시 입을 열었다.

"양국의 입장에서 전혀 손해가 없는 파병일 수 있다는 것입니다. 물론 아국의 입장에서는 그들을 잘 활용해야만 합니다. 자칫 잘못하면 파병된 그들이 이스턴과 히르센이 아국을 침탈할 수 있는 첨병의 역할을 할 수 있기 때문입니다."

"양날의 검이로군."

"그러합니다."

지금 아이작스 백작은 다양한 경우의 수를 생각하고 조언하고 있었다. 흑과 백으로 나뉜 것이 아닌 이런 경우와 저런 경우, 또 다른 경우의 수를 조언함으로써 깊은 생각을 할 수 있도록 유도하고 있음에 쿨트란 족장을 만족시키고 있었다.

"우리가 해야 할 일은?"

"당연히 세력을 얻어야 합니다. 그것이 가장 첫 번째입니다. 이것은 어떠한 상황에서도 감히 버릴 수 없는 최고의 패가 될 것입니다. 아국이 이 전쟁에서 승리를 해도, 혹은 아군이 전쟁에서 패한다 하여도 가장 우선시되어야 하는 것입니다.”

노련한 족장인 쿨트란은 고개를 끄덕였다.

이제 갓 정치라는 것에, 권력에 맛을 들인 다른 족장들과 전사들 역시 고개를 끄덕일 수밖에 없었다.

세력이 있다는 것은 참으로 편한 것이다.

일단은 홀로 존재하지 않는다는 점과 홀로 해결할 수 없는 수많은 일을 해결하고 추진할 수 있기 때문이다.

그들은 알 수 있었다. 세력은 곧 권력이며 힘이라는 것을 말이다.

권력이라는 달콤한 꿀과 같은 존재를 이제는 절대 놓칠 수 없는 것이 되었다. 과거에도 대족장이 되기 위해서 치열하게 두뇌 싸움을 했지만 그때와 지금은 다르다.

겨우 서북 대평원을 대표하는 대족장의 권력과, 하나의 왕국으로 성립되고 수많은 전사와 감히 상상도 할 수 없을 정도의 부와 명예를 한꺼번에 거머쥘 수 있는 왕국의 권력은 그 차원이 달랐기 때문이다.

“진척 상항은?”

“이미 반 바이큰 왕국의 수장인 플랑드르 후작과의 약속을 추진 중에 있으며, 그쪽 역시 저희 쪽의 제의에 상당한 관심을 보이고 있는 상황입니다. 또한 열 명의 족장 중 여기 계신 두 명의 족장을 제외하고 세 명의 족장을 추가로 포섭 중에 있습니다."

현재 이곳에는 서열 2위인 아카마스 크레타 족장과 서열 8위인 안티고네스 코러스 족장이 있었다. 그리고 그들을 절대적으로 지지하는 부족의 전사들이 자리하고 있었다.

"누구누구지?"

"서열 3위인 아이아스 크라우프 족장과 서열 5위인 알키오네스 카우트 족장, 그리고 서열 10위인 아리스타르코스 코스피 족장입니다."

"가능성은?"

"크라우프 족장과 카우트 족장은 어렵지 않게 진행되고 있으나 코스피 족장은 조금 어렵습니다."

족장 세 명이 고개를 주억거렸다. 그럴 만도 했다. 비록 서열 10위이기는 하지만 평소 올곧은 같은 성품 탓에 아군은 없고 적군만이 있는 코스피 족장이다.

그를 포섭하지 못한다면 최악의 경우 제거해야만 했다. 현 국왕을 못마땅하게 생각은 하나 그렇다고 국왕을 배신할 인물은 아니기 때문이다.

아이작스 백작이 그가 조금 힘들다고 하는 것은 바로 그를 제거해야 한다고 것을 우회적으로 표현한 말이었다.

물론 그런 아이작스 백작의 의중을 파악 못할 쿨트란 제1족장이 아니었다.

"꼭 그래야만 하는가?"

"그를 살려둔다면 반드시 그 화가 족장님께 닥칠 것입니다."

"쯧!"

아이작스 백작의 강경한 발언에 못마땅한 듯 혀를 차는 쿨트란 제1족장이다.

같은 족장을 제거한다는 것이 마음에 들지 않는 탓이다.

또한 자신의 수하 중에 아이작스 백작이 말을 번복케 할 수하가 없다는 것도 입맛이 썼다.

"어찌했으면 좋겠나?"

"그를 최전선으로 보내야 할 것입니다."

최전선으로 코스피 족장을 보내 제거하거나 국왕으로부터 멀리 떨어뜨려 놓아야 한다는 것이다.

보는 눈이 많지 않고 멀리 떨어져 있으면 아무래도 코스피 족장을 제거하는 데 한결 수월해지기 때문일 것이다.

"명분은?"

"명분은 많지 않겠습니까? 욱일승천하는 폴라리스의 예봉을 꺾거나 적어도 그들의 파죽지세의 진격을 막아내야만 하지 않겠습니까?"

맞는 말이다. 이곳에서 목을 빼고 기다릴 수는 없다. 누군가가 한 명은 반드시 전선으로 나가 진격해 오는 폴라리스 왕국군을 막아내거나 원군이 도착할 때까지 버텨내야만 한다.

"그 후에는?"

"대평원은 모르겠으나 제국에는, 아니, 폴라리스 왕국을 제외한 세 곳 왕국에는 아직도 살아남아 건재를 과시하는 어쌔신 길드가 많습니다. 실례로 이스턴 왕국이나 히르센 왕국은 그들을 이용해 정적을 제거하기도 했으니 말입니다."

"아는 곳이 있나?"

"원하신다면."

물론 아이작스 백작의 말에 대부분의 전사들이나 족장들은 얼굴을 찌푸렸다.

제국의 유산에 몸을 흠뻑 젖기는 했지만 아직은 평원을 달리던 전사의 기백이 남아 있기 때문이리라.

정면 승부가 아닌 계략으로, 혹은 어쌔신을 이용해서 암살하고자 하는 아이작스 백작의 의견이 참으로 귀에 거슬린 탓이다.

하지만 그러한 전사의 기백보다는 권력이라는 벌꿀이 더욱더 달콤하기에 그저 이마를 찌푸린 것으로만 끝이 나고 있다.

"내 내일 왕궁에 회의에 참석해 코스피 족장을 최전방으로 보내고자 할 것이네."

"현명하신 판단입니다."

이것은 허락이었다.

그를 제거하자는 아이작스 백작의 의견을 받아들인 것이고, 그 이후의 모든 것은 알아서 처리하라는 허락이다.

"또 해야 할 것이 있나?"

"원군을 우군으로 끌어들여야만 합니다."

"원군을?"

"그러합니다."

"끄으음."

상당히 충격적인 말이다.

아니, 충격적인 계책의 연속이다.

그러하기에 지금 이곳에 착석해 있는 모든 이의 얼굴은 딱딱하게 굳어 있었다.

그러한 분위기를 모를 리 없는 아이작스 백작이다.

"이미 샤벨 타이거의 등에 올라탔습니다. 샤벨 타이거의 등에서 내릴 수 없다는 것은 족장께서 더 잘 알고 계실 것입니다. 그러하다면 샤벨 타이거를 내 것으로 만들어야 하지 않겠습니까?"

그러했다. 이미 돌이키기에는 늦었다. 아이작스 백작의 말대로 샤벨 타이거를 자신의 수족으로 만들 수밖에 없다. 아니, 샤벨 타이거를 노리는 모든 이를 제치고 자신이 차지해야만 했다.

"좋다. 방법은?"

"밀약입니다."

"밀약?"

"그렇습니다."

"설명하게."

쿨트란 족장이 단단히 마음을 굳힌 것을 짐작한 아이작스 백작은 거침없이 말을 잇기 시작했다.

"이 전쟁은 아국보다는 폴라리스 왕국군에게 유리합니다. 그들의 곁으로 몰려드는 귀족과 기사들, 그리고 탈주한 노예들까지 한다면 향후 그들의 기세는 더욱 욱일승천할 것이고, 그 기세는 히르센과 이스턴까지 집어삼킬 것입니다."

"과한 평가라 생각되지 않는가?"

지금까지 침묵하고 있던 크레타 족장이 무겁게 입을 열었다.

"과하지 않습니다. 폴라리스 왕국의 국왕은 나이트 킹이라 불리고 있습니다. 그를 따르는 기사들은 블러디 나이츠라 불립니다. 7서클의 마법사가 있으며, 공식적으로 밝힌 마스터가 두 명입니다. 하지만 그를 제외하고라도 나이트 킹이라 불리는 폴라리스 왕국의 국왕을 우리는 언제나 잊고 있습니다. 대전사를 죽인 자는 바로 나이트 킹입니다. 그것도 발자크 평원에서 대전사의 어깨에 구멍을 뚫었고, 일부러 놓아주어 소문이 퍼질 시기를 기다린 후 세인트란 산 중심에서 대전사를 죽였습니다. 그러한 자가 어찌 마스터에서 빠졌는지 의심스럽지 않습니까?"

아이작스 백작이 설명에 비로소 놀란 빛을 띠는 족장들과 전사들이다. 폴라리스 왕국의 국왕이 마스터라는 사실. 충분히 알고 있었다. 그런데 인지하지 못했다.

그저 나이트 킹이라는 소문을 단지 소문일 뿐이라고 치부하며 무시하고 있었다.

그런데 실제 그 모든 중심에는 바로 나이트 킹이라 불리는 폴라리스 왕국의 국왕이 있었다는 사실에 새삼스럽게 놀라는 것이다.

"우리가 잘못 판단하고 있었던가?"

"그렇습니다. 아주 커다란 오류를 범하고 있었습니다. 또 하나의 오류는 그들이 가진 마법 전력입니다. 도대체 마법이라는 것을 어찌 판단하는지 모르겠으나, 발자크 평원에서 귀족이 이끄는 병력 중 5만에 이르는 병력이 마법에 의해 사망했습니다. 또한 던가드로 향하는 길목에 위치한 세 개의 성 중 두 개의 성이 바로 이 마법에 의해 점령당했습니다. 종합

적으로 판단했을 때 이 전쟁은 폴라리스 왕국의 승리입니
다."

"끄으음."

불편한 신음이 동시에 터져 나왔다. 어떻게 세운 왕국인데,
아이작스 백작은 그렇게 힘들게 세운 왕국이 불과 6년 만에
패망한다고 말하고 있는 것이다.

인정할 수 없는 주장이었으나 딱히 그 주장에 대하여 반박
할 근거가 없다.

지금 현재 돌아가는 상황으로는 망하지는 않을지라도 최
소한 패망 직전까지 갈 가망성이 높았다.

이제 바이큰 왕국에 남은 마스터는 국왕 그 자신과 새롭게
제1대전사로 임명된 알렉산드로스 타키투스밖에 없었다.

하지만 새로운 제1대전사인 타키투스는 이제 막 마스터의
반열에 오른 자.

실질적으로 폴라리스 왕국의 마스터를 상대할 수 있는 자
는 칼라한 국왕 그 자신밖에 없었다.

마스터의 절대적인 열세와 바이큰 왕국에는 없는 마법 전
력과 그동안 폴라리스 왕국의 약점으로 잡혀온 병력의 수급
문제는 이번 벽보 사건으로 넘치고 넘쳐 버렸다.

"그래서?"

"이곳으로 원군으로 오는 이스턴과 히르센의 병력은 그들

자국에서 처치 곤란한 자들일 가능성이 높습니다.”

굳어져만 가던 쿨트란 족장의 얼굴이 조금씩 풀려갔다. 아이작스 백작이 무슨 말을 하는지 감을 잡은 것이다.

하지만 그렇다 하더라도 한 번 더 두드릴 필요는 있었다.

“그렇게 생각하는 이유는?”

쿨트란 족장의 물음이 있자 그럴 줄 알았다는 듯이 희미한 미소를 짓는 아이작스 백작이다.

하지만 웃음 지을 때보다 더 빨리 사라지고 여전히 냉엄한 표정으로 답했다.

“현재의 전쟁 진행 상황이 불확실하기 때문입니다. 분명 그들은 아국의 저력을 몸소 체험했습니다. 하지만 폴라리스 왕국에 대한 전력에 대해서 그들은 직접 체감하지 못했을 것입니다. 체감했다고 해야 겨우 몇 년 전의 그들의 전력일 뿐입니다. 그러한 그들은 아국을 두려워하고 있으나 드러내지는 못하고 있는 형국에 폴라리스 왕국이 아국에 승리하였으니 당황스러울 것입니다.”

아이작스 백작의 설명에 수긍의 빛을 띠는 족장들과 전사였다. 충분히 그럴 만했고, 이해도 되었다.

“그렇다면 그들이 현재의 불확실한 전쟁 상황에서 내릴 수 있는 최적의 판단은 무엇이겠습니까? 머리가 있다면 강대한 두 왕국 간의 전쟁에 어떻게든 파고들어 그 속에서 이득을 챙

기려 할 것입니다. 그 최소한의 이득은 바로 아직 제대로 서지 못한 자국의 기반을 다지는 것. 그 첫 번째가 바로 눈엣가시와 같은 반대 세력의 제거일 것입니다. 제거는 하지 못하더라도 최소한 그들의 세력을 축소시킬 수 있으면 됩니다."

청산유수와 같은 아이작스 백작의 말이다. 굉장한 설득력과 함께 마치 모든 상황이 그렇게 될 것만 같은 느낌까지 들 정도이다.

"그렇군. 하면 그들을 끌어들여 우호적인 세력을 만든다면 대족장이 폴라리스 왕국과 싸워 패한다 하여도 최소한 우리는 살아남을 수 있겠군. 운이 좋으면 폴라리스 왕국과의 전투 후 승리를 한다면 정국을 주도할 수도 있고 말이지?"

"정확합니다. 하나 겨우 살아남자고 저를 군사의 자리에 낙점하시지는 않았을 것이라 판단됩니다. 원군을 우호적인 세력으로 끌어들이자고 한 것은 이스턴이든 히르센이든 그들의 세력이 직접 처리하기에는 부담스럽기 때문에 다른 이의 손을 빌리고자 하는 것입니다."

잠시 말을 멈춘 아이작스 백작이다. 그에 쿨트란 족장은 어서 계속해 보라는 듯이 손가락을 까딱거렸다.

그것은 말을 재촉할 때 자주 사용하는 그의 버릇 중의 하나였기에 이내 말을 잇는 아이작스 백작이다.

"만약 바이큰의 국왕이 폴라리스 왕국의 국왕에게 패한다면 그들과 연수하여 이 왕국을 접수할 것입니다."

그에 마른침을 삼키는 족장들과 전사들이다.

"그들이 그리하려 하겠는가?"

"하지 않을 수 없을 것입니다."

"왜?"

"그들은 이미 권력의 맛을 본 자들이기 때문입니다."

"그렇군."

모두 이해했다. 자신들 역시 권력의 맛에 취해 여기까지 오지 않았는가? 권력이란 그런 것이다. 한번 빠져들면 절대 빠져나올 수 없는 개미지옥과 같은 것이다.

"그래서?"

"아리스타르코스 코스피 족장과 새로이 제1대전사가 된 알렉산드로스 타키투스를 최전선으로 보내 그들의 남하를 막아야만 하옵나이다."

바이큰 왕국의 대회의실.

그곳에서 지금 쿨트란 족장이 폴라리스 왕국군의 남하를 막기 위한 대책회의에서 자신의 주장을 강력하게 펼치고 있었다.

"연유를 설명하라."

"현재 대부분의 성을 지키는 자들은 과거 서부의 귀족들이옵나이다. 그들이 약하다는 것은 아니오나, 그렇다고 해서 진군해 내려오는 폴라리스 왕국의 대군을 막아내기에는 역부족으로 판단되옵나이다."

이에 숨을 들이켜며 마음을 진정시키는 쿨트란 족장이다. 그리고 대회의실의 좌중을 쓸어보는 것을 잊지 않았다. 자신의 의견에 동조하는 자들과 자신의 의견에 대한 반응을 살펴보는 것은 필수였다.

확실히 아직까지는 자신의 의견에 반대하는 입장을 표하는 족장과 전사들은 없어 보였다. 그에 더욱 자신감을 얻는 쿨트란 족장은 목소리에 힘을 더했다.

"또한 전대 대전사의 죽음과 발자크 평원에서 대패로 인한 아국의 사기가 급속하게 떨어진 바, 아국의 건재함을 과시함과 동시에 떨어진 사기를 북돋기 위해서이옵나이다."

"흐음."

충분히 설명이 되었다.

톡, 토옥!

옥좌를 두드리던 칼라한 바이큰 국왕의 시선이 군사장인 세이런을 향했다.

"원군이 오기 전까지 전선을 고착시켜야 함과 함께 아국의 건재함을 알리기에 충분하다 판단되옵니다. 하나 코스피 족장만으로는 어려울 것으로 판단하여 쿨리지 족장을 추가하여

파병하는 것이 옳을 것이라 사료되옵니다."

세이런 군사장의 발언이 타당하다 생각되었던지 칼라한 바이큰 국왕은 미세하게 고개를 끄덕였다.

"원군의 상황은?"

"이스턴 왕국은 원정군 사령관으로 보리스 미르첸코프 후작이 임명되었으며, 병력 11만에 기사 300이옵니다. 마법 전력은 정확히 알려오지 않았사오나 대략 50명 선으로 파악하고 있사옵니다. 히르센 왕국은 원정군 사령관으로 워리 데이비스 백작으로 임명하였으며, 병력 9만에 기사 500이옵니다. 마법보다는 기사를 선호하는 왕국인지라 마법 전력은 없는 것으로 파악되었사옵니다."

11만이면 성의를 표시하는 수준으로는 적당하다.

그들의 본 전력의 10분의 1에도 미치지 못하는 전력이나 적대적인 과거를 생각하면 실로 파격적인 원군이라 할 것이다.

"도착 시기는?"

"그들이 도착하여 전선에 투입되기까지는 적어도 두 달의 시간이 필요하옵니다."

"그렇단 말이지?"

세이런 군사장의 말에 다시 침묵에 잠겨드는 칼라한 바이큰 국왕이다.

그렇게 한참의 시간이 지난 후 칼라한 바이큰 국왕의 입이 서서히 열렸다.

"1군단의 군단장에 아리스타르코스 코스피 족장을 임명하며, 카르파티아 지역을 방어한다. 전사장으로는 제9대전사인 아르테미스 코스피로 한다. 제2군단의 군단장은 아리아드네스 쿨리지 족장을 임명하며, 알자스 지역을 방어하며 전사장으로는 아트레우스 크림슨을, 제3군단의 군단장은 안테노리우스 코러스 족장을 임명하며, 전사장은 칼카리우스 켈크린을 임명한다. 또한 각 전사장이 이끄는 전사의 수는 3만으로 한정하며, 각 지역을 방어하는 군단장은 모든 귀족의 자위권보다 우선하며, 병력의 징집에 있어 무엇보다 군단장의 명령을 최우선으로 할 수 있다."

칼라한 바이큰 국왕의 명령은 일사천리로 진행되었다. 감히 그 누구도 그 명령에는 반박할 수조차 없을 정도로 말이다.

"국왕 폐하의 명을 따르옵니다."

대회의실을 울리며 족장들과 전사들이 함성이 울려 퍼졌다. 그리고 모든 것을 마친 대회의실은 그야말로 썰렁하기까지 했다. 명령을 받은 족장들과 대전사들은 명을 수행하기 위해, 회의에 참석하여 각자의 의견을 개진한 족장들과 귀족, 그리고 전사들은 각자의 생각을 정리하면서 대회의실을 빠져

나갔다.

"왜 그들을 내치는 것이옵니까?"

정적이 감도는 대회의실에 세이런 군사장이 대담하게도 칼라한 바이큰 국왕을 향해 물었다. 그에 허공을 응시하고 있던 칼라한 바이큰 국왕의 시선이 세이런 군사장을 향했다.

"그들은 짐의 말에 충실할 만한 자들이다."

"알고 계셨사옵니까?"

칼라한 바이큰 국왕의 말에 흠칫 놀라며 묻는 세이런 군사장이다. 모르는 줄 알았다. 족장들 사이에 계파가 생기고, 국왕을 몰아내기 위한 반역을 준비하는 것을 말이다.

"모를 것이라 생각했나?"

"그렇사옵니다."

"세이건 전 군사부장을 제거하였기에 그러한 생각을 하였는가?"

"……."

말이 없는 세이런 군사장이다.

세이런 군사장은 알고 있었다. 그 누구보다 바이큰족의 미래를 걱정하고, 그 누구보다도 현 바이큰 국왕에게 충성을 다한 세이건 군사장을 말이다.

"그것은 그가 원했던 것이다."

"그 말씀은……."

"드러난 적은 무섭지 않으나 숨어 있는 적은 무섭다. 외부
의 적은 무섭지 않으나 내부의 적은 독이 묻은 비수가 되어
심장을 찌른다."

"고육지책이옵니까?"

"그러하다."

그에 할 말을 잃어버린 세이런 군사장이다.

모든 것을 이해했음에도 불구하고 세이런 군사장의 얼굴
은 전혀 납득하지 못하는 얼굴이다.

'고작 그것으로 평생을 같이한 친우이자 진정한 충신을 죽
인 것이옵니까? 그렇지 않고서는 방법이 진정 없었던 것이옵
니까? 혹여 세이건 군사장이 두려웠던 것이옵니까?

수많은 의문이 한꺼번에 세이런 군사장의 뇌리를 지배하
고 있다. 그러한 복잡한 표정을 짓는 세이런 군사장의 모습을
심유한 눈빛으로 지켜보던 칼라한 바이큰 국왕이 나직하게
울부짖었다.

"권력이란 그러한 것이다. 평생의 친우조차 정략적인 연유
로 그 목을 베어야 할 정도로 달콤하고 잔인한 것이다."

그 말을 남기고 칼라한 바이큰 국왕은 대회의실을 벗어났
다. 칼라한 바이큰 국왕의 마지막 말은 마치 메아리처럼 대회
의실에 남아 있는 세이런 군사장의 가슴에 파문을 남겼다.

'아, 바이큰이여! 진정 이것이, 진정 이것이 바이큰의 미래

란 말입니까?'

대회의실에 홀로 남아 있던 세이런 군사장은 통한이 눈물을 흘릴 수밖에 없었다.

아마도 세이건 전 군사장은 이것을 알고 있었을 것이다. 그러하기에 자꾸 삐뚤어져 가는 자꾸 권력의 검은 아가리에 몸을 담그는 국왕을 깨우치기 위해 스스로 죽음을 택한 것일 게다.

하나 지금에 와서 보면 그 죽음을 불사한 노력은 모든 것이 허사가 되었다. 그에 가슴을 치며 통곡할 수밖에 없는 세이런 군사장이다.

그곳에서 세이런 군사장은 바이큰 왕국의 앞날을 볼 수밖에 없었다.

암담하게 굳어져 가는 바이큰 왕국의 앞날을 말이다.

'아, 어찌하여 내게 이토록 큰 시련을 주시나이까.'

바이큰 왕국의 대회의실.

그곳에서 세이런 군사장은 밤새 시커멓게 멍이 들도록 가슴을 치며 울어야만 했다. 너무도 답답하고 너무도 힘들어서 말이다.

CHAPTER
08
무너지는 바이큰 왕국

Knight King

“이곳에서 마지막 결전을 보려는 모양이군.”

“아마도 더 이상 밀릴 수 없다는 절박한 심정일 것입니다. 이곳 카르타헤나에서 아군을 막아내고 다시 왕국의 북부를 회복하기 위한 가장 강력한 저지선을 만든 것이라 할 수 있습니다.”

베르누크와 카림은 끝없이 넓게 펼쳐진 카르타헤나 지역을 보며 서로 의견을 나누고 있었다. 카르타헤나를 지나면 바로 바이큰 왕국의 왕도라 할 수 있다.

카르타헤나는 바이큰 왕국에서 파르치팔 평원과 함께 서

부를 대표하는 평원 중의 하나다.

하니 그 광활함이야 이루 말할 것도 없다.

어찌나 광활한지 카르타헤나는 그저 카르타헤나라 불리지 않고 카르파티아와 알자스, 그리고 슈바르츠발트로 지역이 나뉘어 있을 정도이다.

카르타헤나의 정중앙을 알자스라 불리며, 그 알자스를 중심으로 좌측을 카르파티아라 부르고, 그 우측을 슈바르츠발트라 불렀다.

평소였다면 지금 그곳에는 밀을 추수하고 남은 밀단이 남아 있어야 하지만 지금은 급하게 건설된 목책이 자리하고 있었다.

하지만 급하게 건설된 목책이라 할지라도 그 길이가 자못 길어 던가드 성벽과 다르지 않은 거대함을 자랑하고 있다.

그 짧은 시간에 이러한 거대한 진채를 건설한다는 것 자체가 대단한 것이라 할 것이다.

또한 단지 목책만 서 있는 것이 아니라 목책 앞으로 깊은 홈을 파 해자와 같은 역할을 하도록 했으며, 그 앞에는 또다시 날카롭게 깎은 통나무를 박아놓아 접근을 최대한 방지한 모습이다.

"견고하군."

나무로 길게 연결된 하나의 성벽. 그 성벽을 보고 베르누크가 내뱉은 첫 마디가 바로 그것이다.

급조된 것이 분명하건만 기가 질릴 정도로 거대하고 단단해 보이는 성채이다.

그것은 베르누크만의 감상이 아니었다. 카림도 그러했고 롬멜 백작도, 테레지아 백작도, 그리고 서북 대평원을 최단 시간에 평정하고 돌아온 레너드와 클레이튼 대족장까지도 입을 벌리고 카르타헤나의 성채를 바라보고 있다.

"여기가 최후의 저지선이 되는 것이옵니다."

절로 고개가 끄덕여지는 카림의 한마디이다. 그러했다. 그저 보기만 해도 이곳이 바이큰 왕국의 최후의 저지선이고 그와 더불어 반격의 시작점이라는 것을 알 수 있었다.

"뭐, 기다리지."

베르누크는 시큰둥하게 말했다. 그 말을 알아듣는 이는 카림밖에 없었다. 카림을 제외하고는 모두 의아한 얼굴이다.

지금 공격해도 함락할지, 아니, 승리를 할 수 있을지 모를 그런 견고한 목책이거늘 기다린다니.

"국왕 폐하께옵서는 단 한 번의 결전을 원하시는 것입니다."

"단 한 번?"

"그렇습니다."

오랜만에 카림을 보는 레너드가 반문했다.

"그리고 그 단 한 번이 이스턴과 히르센에 보내는 경고가 될 것입니다."

그제야 모든 이가 수긍했다. 저들이 건곤일척의 승부를 원한다면 이쪽 역시 그들을 압도적으로 이겨주겠다는 베르누크의 생각인 것이다.

"한데… 이스턴 왕국과 히르센 왕국에 경고라니, 대체 뭔 말이여?"

결국에는 한 명이 물었다. 그는 다름 아닌 바로 제이 브레이커였다.

그 또한 알려지지 않은 폴라리스 왕국의 마스터. 아직까지 어수룩한 모습이 보이기는 했으나 베르누크를 처음 만났을 때와 같은 어리석고 멍청한 제이는 없었다.

하지만 아무리 마스터에 오르고 신체가 변화하며 막혔던 뇌가 뚫렸다 할지라도 그가 생각할 수 있는 것은 역시 그 범주가 있었으니 당연한 것이라 할 수 있었다.

"정보에 의하면 이번 이스턴 왕국과 히르센 왕국에서 바이큰 왕국의 원군 요청을 받아들였다 합니다. 그들의 전체 전력에 비하면 일부분에 불과하지만 바이큰 왕국의 원군 요청을 받아들였다 함은 그들은 이미 아국을 적으로 간주하고 있다는 것을 의미합니다."

분명히 그러하다. 카림의 설명에 약간은 화가 난 것 같은 표정을 짓는 제이이다. 같이 싸우자 해놓고 어느 순간 뒤에서 지켜보더니 이제는 슬쩍 도와주기까지 한다.

"그지 같은 놈들이구만!"

제이가 참지 못하고 화가 나서 일갈했다. 그러한 제이의 직설적인 말에 카림은 살짝 웃음 지었다.

세상에 이스턴과 히르센 왕국을 거지같다고 표현할 수 있는 사람은 오직 자신의 앞에 서 있는 제이밖에 없기 때문이다.

"맞습니다. 해서 국왕 폐하께옵서 그들에게 함부로 날뛰지 말라고 경고를 보낼 요량이십니다. 모두가 모였을 때, 단 한 번의 전투로 회생 불능의 타격을 줌으로써 말입니다. 가능하면 전멸까지 생각하고 계실 것입니다."

"그래야지. 그럼, 그럼. 울 형님 폐하구만. 에헴!"

제이가 가슴을 쭈욱 펴며 마치 개구진 아이처럼 좋아하는 표정을 지었다. 그 모습에 잠깐 경직되었던 분위기가 많이 완화되었으나 이내 다시 무거운 분위기가 지배했다.

왕국 간의 전투에 있어서 회생 불능의 타격이나 전멸이라는 말은 그리 쉽게 할 수 있는 말이 아니기 때문이다. 그것은 그만큼 이번 전투에 역점을 두고 있으며, 모든 것을 걸었다고 봐도 무방하였기 때문이다.

"너무 걱정하시지 않아도 될 것입니다."

"묘책이 있는가?"

레너드의 물음에 카림은 살짝 웃음 지었다.

"자신 없으십니까?"

"자신? 흠. 전쟁을 자신으로 하던가?"

"물론 그것은 아닙니다."

"하면?"

레너드의 물음은 날카로웠다. 평소 농담을 좋아하고 사람을 편안하게 하는 그런 모습은 온데간데없고, 무언가 상대를 움츠러들게 만드는 그런 분위기가 풍겨 나왔다.

그것은 그만큼 이번 전투를 중하게 여기고 있다는 반증이라 할 수 있을 것이다.

그에 카림 역시 진중한 얼굴로 각각의 귀족들을 바라보았다. 여기에는 폴라리스 왕국을 세우는 데 기여한 역전의 기사들이 모두 있다. 조금 늦게 합류한 테레지아 백작 역시 있으니 말해 무엇할 것인가?

"현재 아국의 병력은 본토 병력이 16만입니다. 그중 누구도 넘볼 수 없는 마법 두 개 사단은 적 보병 다섯 개 군단과 비견될 정도의 무력입니다. 또한 아국에는 밝혀진 마스터 두 분과 밝혀지지 않은 마스터 두 분이 있습니다."

모두 알고 있는 사항이다. 그리 놀랍지도 않은 사항이라 할 것이다. 그리고 그 마스터 중 국왕인 베르누크가 가장 강하다는 것도 공공연한 비밀이라 할 것이다.

"그에 하나 더 추가할 것이 있습니다."

그 말에 다들 카림에게 이목이 주목되었다.

"그것은 바로 국왕 폐하께서 정령사라는 사실입니다."

놀랐다. 충분히 놀랐다. 그러하기에 카림의 말에 다들 잠시간 침묵할 수밖에 없었다. 하지만 그것이 전력에 얼마나 큰 도움이 되는지는 전혀 짐작조차 하지 못하고 있다.

마법사보다 더 보기 어렵다는 정령사, 아니, 정령사라는 존재 자체조차 모르는 이들이었으니 당연한 것일 게다.

"놀랍기는 한데… 솔직히 마음에 와 닿지는 않소. 또한 그것이 전력에 어떻게 도움이 되는지 짐작조차 할 수 없소. 아군조차 제대로 파악하지 못한 전력이란 전투에 있어 오히려 해가 됨을 모르지 않을 터."

그러했다. 전투에 직면한 당면 상황에서 아군조차 제대로 그 위력을 파악치 못한 전력이라면 있을 필요가 없다. 그것을 모르는 카림이라 하면 결코 군사장으로서 자격이 없음이다.

"인정합니다. 다만 알아두셔야 할 것은 아군에 정령사는 국왕 폐하뿐만이 아니라 여기 참석한 테레지아 백작과 롬멜 백작도 있습니다. 그 위력은 직접 듣고 겪어보시는 것이 좋을 듯싶습니다."

그러자 먼저 레너드가 앞으로 나섰다. 그에 테레지아 백작이 앞으로 나섰다. 여기 있는 이들은 모두 안다. 레너드는 마스터이고 테레지아 백작은 최상급의 기사라는 것을 말이다.

단 한 단계의 차이지만 그 간격은 이루 말할 수 없을 정도로 크고 넓었다. 마스터라는 존재는 그러한 존재이기 때문이다.

어떠한 방법을 사용한다 하여도 결코 쉽게 마스터라는 벽을 넘을 수 없다는 것은 모두가 아는 사실.

그러함에도 불구하고 테레지아 백작은 레너드를 상대하기 위해 앞으로 나서고 있는 것이다.

하나 다른 사람은 몰라도 레너드는 알 수 있었다. 테레지아 백작이 나서는 순간 어떠한 위화감조차 느낄 수 없었다는 것을 말이다.

"상처가……."

그에 당황하지 않고 자신의 손으로 얼굴을 스윽 만지며 살짝 웃는 테레지아 백작이다.

"깨달음이 낮아 마스터에는 오르지 못하였으나, 평생을 같이할 가족의 상처와 마음의 상처까지 치유할 수 있었습니다."

"폐하께서 좋아하시겠구만."

뜬금없는 말이었으나 아는 사람은 다 안다. 그 의미가 어떠한 것인지.

레너드의 말에 테레지아 백작은 피식 웃었다. 이미 자신들도 모르게 주변은 그들을 당연하게 받아들이고 있었다.

"커흠. 어쨌든 준비는 되었나?"

"되었습니다."

"오시게."

"그럼."

쿠후우웅!

서로 힘을 개방하자 적막하기까지 하던 장소에 갑작스럽게 흙먼지가 일면서 주변의 대기를 진동시켰다.

만약 일반 병사들이 있었다면 필히 칠공에서 피를 흘리며 쓰러졌을 것이 분명하였다.

"흐음, 좋군. 조금 더 힘을 개방해도 되겠구만."

담담하게 말을 하고 있기는 했지만 레너드는 내심 심장이 목구멍을 탈출할 정도로 놀라고 있었다.

마스터의 기세는 최상급이라 해서 그리 쉽게 받아낼 수 있는 것이 아니다.

물론 방금 전 힘의 개방에 있어서 약간은 이질적인 힘을 느낄 수 있었다. 듣지 않았다면 모르되 들었음에 그것이 정령의 힘이라는 것을 본능적으로 알 수 있었다.

좌르르륵!

마침내 레너드가 허리에 감겨져 있던 3미터에 달하는 연검을 풀어내었다. 마치 천이 풀리듯 스르르 풀어져 나오는 연검은 대지에 검첨이 닿자마자 독이 오른 독사처럼 검첨을 바짝 틀어 올리며 테레지아 백작을 향했다.

'대지의 갑옷!'

테레지아 백작 역시 사방을 격하고 침습해 오는 엄중한 레너드의 기세를 대지의 정령을 불러들여 단단하게 방어하며 기세를 흘렸다.

'물의 정령이여, 그대의 가호를 나의 검에 임하게 하소서!'

자연스럽게 늘어뜨린 테레지아 백작의 바스타드 소드에 푸르스름하게 일렁이는 무언가가 맺혀 완전한 검의 형태를 만들어내었다.

그것은 분명 오러 블레이드는 아니었으나 또 다른 형태의 오러 블레이드라 할 수 있었다.

츄화아아아악!

테레지아 백작이 모든 준비를 마쳤다는 것을 인지한 레너드는 진중한 표정으로 뱀의 혀처럼 날카로운 연검을 풀어내었다.

아니, 풀어냈다기보다는 그대로 쏘아져 나갔다 할 것이다.

쿠드드등!

귀를 먹먹하게 하고 절로 몸을 움찔하게 하는 거센 천둥소리가 터져 나왔다. 연검과 바스타드 소드가 서로 얽힘에 번쩍

이는 번개가 사방으로 휘몰아치기 시작했다.

버버번쩍! 쩌저저적!

땅이 갈라지고 거죽이 튀어 올랐으며, 휘몰아치는 마나의 조각 하나하나가 바위에 부딪치며 바위를 가루로 만들었고, 나무에 부딪치면 나무를 쪼개어 장작으로 만들어 버렸다.

쿠드드등! 콰카가가앙!

투후우욱!

무언가 커다란 폭발음이 들리고 가죽 북이 터지는 소리가 잇따라 들리더니 빛의 속도로 갈라서는 두 신형이다.

터더덕! 투두둑!

보기에는 둘은 단 한 번의 부딪침이었으나 실제 그들은 수십 합을 넘어서고 있었다. 그에 레너드는 놀라고 있었다. 그저 놀라는 것이 아니라 온몸이 짜릿할 정도였다.

허공에 부유하는 각종 부유물이 서서히 가라앉기 시작했다.

그리고 간격을 벌리고 서 있는 둘의 모습이 보였다. 누가 우세하고 누가 뒤졌다고 할 수 없는 백중세의 모습이었다.

츄리리릿! 슈화악! 척!

이내 레너드가 들고 있던 연검을 거두어들였다. 그에 테레지아 백작 역시 바스타드 소드를 회수했다.

"지금은 대인전이겠군."

"그렇습니다."

"내 알량한 지식으로는 정령사는 대인보다는 대병전에 더 강하다고 하던데……."

대인전이란 일대일의 전투를 말함일 것이고, 대병전이라 함은 일 대 다수의 전투를 말함일 것이다.

이것이 바로 정령검사가 무서운 점이다. 대인전이든 대병전이든 모든 것을 가능케 한다는 것이다.

마법사는 근접전에 약하다. 마검사는 근접전에는 강하나 원거리 접전에는 약하다.

하지만 정령검사는 원거리 접전이든 근접전이든 가리지 않는다. 오히려 대규모 접전에 있어서 마법사나 마검사보다 더 효율적이라 할 수 있었다.

"일례로 노이슈반 성의 전사장이 이끄는 1만을 단 6천으로 전멸시킨 이가 바로 테레지아 백작입니다. 그때 당시 정령술을 배운 지 겨우 석 달도 되지 않은 시점이었습니다."

그렇다면 진정으로 정령검사는 무서운 존재가 될 것이다. 테레지아 백작이 최상급에 중급의 정령을 다룰 줄 안다면 롬멜 백작 역시 다르지 않을 것이다.

"수십의 군단을 단둘이서도 찜 쪄 먹겠구만."

레너드는 감탄할 수밖에 없었다. 그에 제이가 은근슬쩍 쇠봉을 들고 일어서고 있다. 레너드와 테레지아 백작이 대결하는 모습을 보더니 은근히 호승심이 일어난 때문이다.

"제이 너도 하려고?"

"실력을 봐야 한다면서?"

"다 봤잖아."

"그래도……."

그만하라는 레너드의 말에 못내 아쉬운 듯이 롬멜 백작을 바라보며 입맛을 다시는 제이였다.

그것은 롬멜 백작도 다르지 않았다. 그의 정령은 바람의 정령과 불의 정령.

자연체인 정령답지 않게 바람의 정령은 장난기가 넘쳤고 불의 정령은 성정이 급했다. 그에 자연스럽게 평소 차분한 롬멜 백작의 성정도 조금은 적극적으로 변해 있었다.

"갑자기 바이큰과 히르센, 그리고 이스턴 왕국이 병사들이 불쌍해지는군. 그렇다면 이미 담당해야 할 작전 지역은 정했겠구만."

"그렇습니다."

아주 자연스럽게 화제가 변환되었다. 아직 적의 정확한 상황을 파악하지 못한 상태에서 서로의 작전 지역을 분할한다는 것은 약간은 무모한 감이 있지만 그 안에는 상당히 타당한 연유가 있었다.

작전 지역을 분할하여, 담당한 작전 지역에 대하여 철저하게 분석할 수 있기 때문이다.

이곳은 폴라리스 왕국의 입장에서는 원정 지역이라 할 수 있다. 원정이라 함은 지형이 익숙하지 않다는 것을 의미한다.

작전을 펼침에 있어서 낯선 지형은 가장 먼저 고려해야 할 사항이라고 할 것이다. 지형을 파악한다면 절반의 승리를 가져올 수 있다는 것이 바로 카림의 철학이기 때문이다.

"역시 중앙은 폐하께서 맡으시겠고."

"좌측은 베인 후작께서 맡으셔야 합니다. 우측은 롬멜 백작이 맡을 것입니다."

"그리고?"

"좌군의 부사령관으로 테레지아 백작이, 우군의 부사령관으로 브레이커 백작이 부임할 것입니다."

"좋군. 하지만 폐하께옵서는 대단한 결단을 하신 게로군."

여전히 없는 베르누크를 놀리듯이 말하는 레너드였다. 그것은 이제 크게 긴장하지 않고 있다는 것을 의미한다. 분위기를 전환해야 할 시점이라는 것을 알고 있는 레너드였다.

분명 이것은 테레지아 백작도 같이 놀리는 것이었건만 그것을 대하는 테레지아 백작은 얼굴의 표정조차 바꾸지 않고 있다.

"가끔은 떨어져 있음에 마음을 더 절실히 느낄 수 있다 합니다."

그렇게 말하며 자리를 벗어나 버리는 테레지아 백작이다. 그에 레너드는 그저 멍한 표정으로 사라지고 있는 테레지아 백작의 뒷모습을 바라보았다.

"이번에는 베인 후작께서 지셨습니다. 하하하!"

고개를 쳐들며 크게 웃는 카림이다. 그에 모두 한바탕 웃고는 자리를 벗어났다. 지금의 상황만 본다면 이곳이 전장인지 아니면 놀러 온 것인지 헷갈릴 지경이다.

*　　　*　　　*

사위가 어두운 밤의 정적 속으로 잠들어 있는 시각.

그 누구라도 깊은 잠 속에 빠져들 이 시간. 이곳이 군영이라면 경비병을 제외하고는 돌아다닐 이가 없는 지역이건만 밤의 어둠보다 더 어두운 흑의를 입은 다수의 이들이 신속하면서도 은밀하게 움직이고 있다.

그들은 수많은 경비병을 완벽하게 따돌리고 있었다. 마치 이곳의 지리를 속속들이 알고 있는 것처럼 말이다.

완전하게 어둠에 녹아든 그들. 그들이 움직이는 방향은 단 한 곳.

이 진형을 유지하고 있는 중심 지역을 향하고 있었다. 그리고 일정 거리를 움직인 후 가장 선두에 선 자가 멈추어 서자

일제히 마치 한 몸처럼 멈춰 서는 그들이다.

이윽고 가장 선두에 선 그림자가 바로 뒤에 있는 자를 가리키고 이어 우측 방향을 가리켰다. 그에 소리없이 몇 명의 흑의인이 기묘하게 일렁이며 손가락이 가리킨 방향으로 이동해 나갔다.

그들은 뒤도 돌아보지 않았다. 오직 자신의 목적을 위해, 목표에 도달하기 위해 움직일 뿐이었다.

그리고 또다시 얼마 가지 않아 멈추어 서고, 이번에는 좌측 방향을 가리켰다.

또 다른 일단의 그림자가 움직여 나갔다. 잠시의 멈춤, 그리고 즉각적인 움직임. 망설임조차 없었다. 그들의 눈동자는 뇌전의 그것을 연상시키듯이 시퍼렇게 빛나고 있었다.

"대체 언제까지 이렇게 있어야 합니까?"

"어허, 전사장. 왜 그러시는가? 잘 참아오지 않았는가?"

카르파티아 지역을 방어하고 있는 바이큰 왕국군의 군영.

그 중앙에 자리 잡고 있는 막사에서 군단장 아리스타르코스 코스피와 전사장으로 임명된 아르테미스 코스피가 얼굴을 마주하고 앉아 있다.

전사장 아르테미스 코스피는 바로 아리스타르코스 코스피의 아들. 때문에 불같은 성정을 지닌 아르테미스 코스피라 할지라도, 아니, 군단장의 위에 서는 전사장이라 할지라도 경거망동하지 못하고 있는 판국이다.

"아버지!"

"어허, 마음을 다스리도록 해라."

"하나!"

"지금은 싸울 때가 아니라 기다리며 기회를 보아야 할 때다. 너는 진정 국왕 폐하의 의중을 모른단 말이냐?"

왜 모를 것인가? 너무나 잘 알아서 탈이다.

하지만 마음에 들지 않았다. 대평원을 질타하는 영예로운 전사가 이렇게 몸을 사리면서 웅크리고 있는 것이 못내 못마땅한 전사장이었다.

그러한 아들의 마음을 누구보다 잘 아는 코스피 군단장이다. 하지만 마음을 아는 것과 전사들과 병력을 지휘하는 것은 다름을 아는 코스피 군단장은 감히 그러한 아들의 편에 설 수 없었다.

"조만간 명이 하달될 것이니 막사로 돌아가 기다리도록 하거라."

"정말이십니까?"

"못마땅하지만 원군이 곧 도착할 것이다. 그리하면 그들과 연합하여 폴라리스 왕국군과 대회전을 가질 것이다. 그때 너의 그 분노를 그곳에서 풀도록 하거라."

"아버지의 말씀, 믿겠습니다. 그럼 이만."

아직도 분이 가시지 않는지 무뚝뚝하게 군례를 올리고 군단장의 막사를 나가 버리는 아르테미스 코스피 전사장이다.

코스피 군단장은 가볍게 혀를 찼다.

"쯧. 젊은 혈기는 이해하나 지금은 기다려야 할 때이거늘."

잠시 동안 아들이 나간 막사의 문을 바라보던 코스피 군단장은 이내 자신의 앞에 놓인 거대한 지도를 바라보았다.

벌써 수십, 수백 번을 보아오는 전술 지도이다.

주변의 지형을 그대로 축소해 놓은 전술 모형 지도를 다시 한 번 꼼꼼하게 살펴보며 현재 자신이 위치하고 있는 병력과 적 병력의 위치를 서로 바꾸어가며 전략을 연구하였다.

벌써 두 달이라는 시간 동안 한 모의 전략이지만 여전히 지루하지도 귀찮지도 않은 코스피 군단장이었다.

한참 동안 그렇게 전술 모형 지도 위에 놓인 기호를 이리저리 움직이던 코스피 군단장은 피곤했던지 의자에 몸을 푹 묻고 엄지와 검지로 눈을 마사지하였다.

순간이었다.

번쩍! 벌떡!

갑작스레 찾아온 싸늘한 위화감에 코스피 군단장이 눈을 번쩍 뜨며 의자를 박차고 일어났다.

그와 함께 코스피 군단장의 정면에서 어둠이 움직였다. 그 속에서 번뜩이는 것은 분명 시퍼렇게 단련된 단검이었다.

"감히!"

한시도 떼어놓지 않은 만월도가 손에 잡히는 동시에 만월도의 시퍼런 속살이 갑갑한 도갑을 벗어났다.

촤아앙! 쐐에에엑! 콰직!

"큭!"

단말마. 비명조차 제대로 지르지 않았다. 그대로 절명해 버린 복면인.

하지만 그것만으로 끝이 나지 않았다. 한 명의 죽음에 이어 좌우에서 동시에 복면인들이 쇄도해 들어왔다.

그것도 한 방향이 아닌, 한 명은 목을, 한 명은 옆구리를 향해 파고들었다. 서로 엇갈렸지만 너무나도 절묘하게 맞아떨어지고 있었다.

하지만 코스피 군단장은 백전노장.

수많은 전장에서 살아남은 족장이자 전사였다. 상대를 파악하자 눈부시게 빠른 속도로 회전하며 좌우의 공격을 봉쇄하고 전광석화 같은 공격까지 연결시키고 있다.

이까짓 암살 공격은 아무것도 아니라는 듯이 말이다.

아주 냉정하게 그들을 바라보고 신속하게 대응하는 코스피 군단장. 하지만 코스피 군단장만이 그러한 것은 아니었다.

코스피 군단장을 공격하는 이들. 그들 역시 길드에서 최고의 요원임에는 틀림없을 것이다.

코스피 군단장이 두 명의 복면인과 정신없이 드잡이를 하고 있을 시각.

어둠보다 더 어두운 그림자가 조금씩, 아주 조금씩 움직여 점점 코스피 군단장과의 간격을 좁혀들고 있었다.

그 움직임이 어찌나 미세하던지 차전사의 위치에 올라 있는 코스피 군단장조차도 그 어둠의 움직임을 파악하지 못하였다.

츄리리릿!

어느 순간,

두 복면인의 품속에서 다량의 암기가 쏟아져 나갔다.

그렇지 않아도 여느 어쌔신들과 다르게 그 은밀함과 기쾌함이 버겁던 차에 다량의 암기까지 쏟아져 들어오자 코스피 군단장은 일시 전신을 풍차처럼 돌리며 막아내기보다는 공세로 전환하며 어쌔신들을 압박해 들어갔다.

촤라라라랑! 피빗!

"크읏!"

짧은 비명과 함께 코스피 군단장의 만월도가 한 명의 어쌔신을 전신을 수직으로 갈랐다.

핏물이 쏟아지며 비릿하고 텁텁한 느낌의 무언가가 코스

피 단장을 덮쳐들었다.

그와 동시에 느껴지는 따끔한 그 무엇.

어질.

눈앞이 갑자기 흐려졌다.

'뭐… 독?'

느꼈을 때는 이미 늦었다. 허리 어림과 가슴이 뜨끔했다.

허리로 들어온 단검이 단번에 비장을 박살 내고 심장으로 치솟아 올랐고, 심장을 관통한 검은 어느새 후면에서 후두골을 다시 관통하고 있었다.

"커허억!"

코스피 군단장의 입에서 검붉은 피와 함께 조각조각 난 내장 토막이 함께 전면의 전술 모형 지도에 쏟아져 내렸다.

부들.

만월도를 움켜쥔 코스피 군단장의 손이 떨려왔다. 순간적으로 콱 쥐어지는 손아귀.

하나 이내 손아귀의 힘이 스르르 풀리더니 그대로 전술 모형 지도 앞으로 고꾸라지는 코스피 군단장이었다.

쿠드드득! 쿠우웅!

그의 등 뒤. 모든 것을 지켜보고 있던 복면인이 마지막으로 한 번 더 단검을 휘둘러 심장을 난도질해 버렸다.

이미 죽은 몸. 한 번 더 확인 사살을 한 것이다.

물처럼 흐르는 피.

그것과 함께 스르르 어둠 속으로 빨려드는 두 명의 복면인.

군단장의 막사에서 그들이 사라지자 갑자기 카르파티아의 진영을 구성하고 있던 곳곳에서 다급한 외침이 들려왔다.

"누, 누구냐?"

"적, 적습이다!"

"찾아라!"

"비상종! 비상종을 울려라!"

때대대대대댕! 때대대대댕!

급박하게 울리는 비상 종소리. 그리고 다급하게 움직이는 전사들과 병사들. 거침없이 젖혀지는 군단장의 막사 출입문.

"군단장 각하! 군단… 아버… 지?"

코스피 전사장이 막사에 들어섰을 때 군단장의 막사는 그야말로 난장판이었다.

그리고 그 난장판 가운데 죽어 있는 한 사람. 그는 다름 아닌 개인적으로는 아버지이고 공적으로는 군단장이며 열 명의 족장 중 한 명이었다.

눈물도 나오지 않았다. 그저 누가 커다란 몽둥이로 뒤통수를 사정없이 후려친 것 같았다. 가까이 다가가 만월도를 들고 있는 손을 만져보았다. 차가웠다. 그런데 다시 따뜻해졌다. 금방 다시 살아날 것처럼 말이다.

눈물이 맺혔다. 평생 눈물을 흘리지 않을 줄 알았다. 그러한데 자신도 모르게 가슴이 먹먹해지며 평생 흐르지 않을 것 같던 눈물이 스르르 흘러내렸다. 아버지의 손을 잡은 자신의 손등 위로 눈물이 떨어져 내렸다.

붉어진 얼굴. 굵은 핏줄이 돋아나 마치 지옥의 악귀처럼 변해갔따.

코스피 전사장이 군단장이자 자신의 아버지를 안아 들었다.

쐐에에엑! 콰직!

"큭!"

만월도가 홀로 움직였다. 한 명의 복면인이 그를 공격했으나 근처에도 가보지 못하고 만월도에 갈라져 버렸다.

치솟은 핏물과 하늘로 뻗어 올라간 코스피 전사장의 머리카락과 시뻘겋게 변한 눈동자.

"용서하지… 않을 것이다."

쿠구구구구궁! 트으두두두둑!

전사장을 공격하던 어쌔신은 물론이고 군단장의 막사가 그대로 가루가 되어 흩날렸다.

불안하지만 순간의 감정의 폭발로 인하여 저도 모르게 대전사의 길로 한 걸음 다가간 코스피 전사장이었다.

지금도 전사장이나 그것은 완전한 것이 아니었다. 아직 오러 블레이드를 생성하지 못하니 말이다.

하나 지금 전사장은 확연하게 붉은 오러 블레이드를 생성하고 있었다.

이글거리는 오러 블레이드가 세상의 모든 것을 집어삼킬 듯이 전사장의 주변을 맴돌았다. 진영은 아비규환이었다. 불이 나고, 서너 명의 지휘관급 전사들이 죽임을 당했다.

"다이달로시우스 코트라아안!"

그에 우왕좌왕하고 있던 전사들과 병사들을 지휘하고 있던 코트란 부관이 전사장의 부름에 바람처럼 달려왔다.

달려오며 코트란 부관은 볼 수 있었다. 붉은 화염을 날름거리고 있는 전사장의 모습을 말이다.

"군단장께서 암습으로 사망하셨다! 이에 임시 군단장이자 전사장으로서 명한다! 출구를 봉쇄하라!"

"명을 따릅니다."

코트란 부관은 즉각 움직였다. 최소한의 인원만을 남기고 모든 방면의 출구를 봉쇄하고 요소요소에 전사들을 배치했다.

코스피 전사장은 조심스럽게 군단장의 시신을 내려놓고 잠시 일별한 후 홀로 움직였다.

그의 눈은 붉게 물들어 있었으나 이성은 차갑게 식어 있었다. 그가 향하는 방향. 그곳에는 전사들에게는 발각이 되지 않았으나 분명 위험한 그림자가 보였다.

서서히 걸음을 옮기던 코스피 전사장의 신형이 순간 쭈욱 늘어났다. 그리고 그가 나타난 곳은 위험한 그림자가 있던 곳이다. 그는 인정사정 보지 않았다.

콰직!

진각에 의해 한 명의 그림자가 비명조차 지르지 못하고 죽었다. 하나, 이미 코스피 전사장은 그곳에 없었다. 위험을 느꼈던지 그림자가 일어나 어둠 속으로 동화되려 하였다.

콰드드득!

순간 어둠 속으로 동화되려 하던 그림자의 목이 통째로 뽑히는 소리가 들려왔다. 이번에도 역시 비명은 없었다. 전사장이 지나간 자리에는 오직 죽음만이 존재할 뿐이었다.

쉬에에엑!

다시 움직이는 전사장을 향해 무언가 날아들었다. 하지만 이미 마스터의 경지를 밟은 전사장에게 암살자들의 암기는 그저 어린애의 돌팔매질과 다르지 않았다.

출렁!

전사장의 모습이 출렁이면서 흐릿해졌다. 그리고 잠시의 시간.

콰직!

"커헉!"

“누가 시켰더냐?”

대답을 원하지 않았던지 전사장은 그림자의 목을 잡고 그대로 바닥으로 박아 넣어버렸다.

쿠직!

그리고 다시 들어 올렸다.

복면으로 가려진 얼굴에 진득한 무언가가 묻어 있다. 그리고 입을 열려는 순간 전사장의 주먹이 복면인의 입에 틀어박혔다.

우수수수!

피가 철철 흘러넘쳤다. 뽑혀져 나온 이빨과 전사장의 주먹. 죽을 수도 없을 것이다. 전사장의 손이 복면인의 뒤통수를 잡았다. 그리고 그대로 다시 바닥에 머리를 짓이겨 버렸다.

“제발 대답하지 마라. 오래, 아주 오래도록 말이다.”

말은 그렇게 하면서 아주 죽여 버릴 것 같은 살벌한 기세를 내뿜는 전사장이다.

코트란 부관이 그를 말렸다.

“전사장님, 안 됩니다! 제가, 제가 반드시 배후를 밝히겠습니다.”

코트란 부관이 전사장에게 매달렸다. 전사장은 움직임을 멈추고, 마치 쓰레기를 버리듯 복면인을 던져 버렸다.

거의 10미터를 날려가 떨어진 복면인은 이미 인사불성되어 의식을 잃은 상태였다.

"봉쇄를 풀고 전군 비상 대기령을 내리도록!"

"명을 따릅니다."

＊　　　＊　　　＊

그 순간, 그러한 카르파티아의 진영을 날카롭게 지켜보고 있는 이가 있었으니, 그는 바로 카르파티아 쪽을 담당하고 있는 레너드였다. 그의 곁에는 예의 테레지아 백작이 있었다.

"뭔가 사달이 난 모양이로군."

거칠게 다가오는 난폭한 마나의 기세를 읽은 레너드였다. 그에 테레지아 백작은 정신을 집중했다.

'대지의 기억!'

땅의 중급 정령 노엘을 불러 대지의 기억을 읽어가는 테레지아 백작. 거리가 거리인지라 상당한 정신력의 집중이 필요했다. 테레지아 백작은 그 자리에 털썩 주저앉아 마나 호흡법을 시도하며 정신을 집중하였다.

빠르게 읽혀 들어오는 대지의 기억들. 지금 카르파티아 지역을 단단하게 막고 있는 나무 성채에서 일어나는 일을 마치 눈앞에서 벌어지는 일처럼 보고 듣고 있는 테레지아 백작이다.

"후우~ 카르파티아 진영을 담당하는 군단장이 어째신의 암습에 의해 죽었습니다. 또한 전사장이 마스터의 반열에 올랐습니다."

마침내 정신을 차린 테레지아 백작이 입을 열었다. 그에 레너드는 즉시 명을 내렸다.

"스틸러스 자작!"

"명을 받습니다."

"폐하께 전하게. 카르파티아로 진격한다고."

"명!"

그대로 군례를 하자마자 몸을 돌려 통신 마법사가 있는 곳으로 다급하게 뛰어가는 스틸러스 자작. 레너드의 명령은 거기에서 그친 것이 아니었다.

"테레지아 백작!"

"명을 받습니다."

"전군 전투 준비 태세를."

"명!"

레너드는 선 조치 후 보고를 택했다. 지금은 절호의 기회라 할 것이다. 이 기회를 놓치면 언제 저 단단한 나무 성채를 넘을 수 있을지 모른다.

"전군 출진 준비를 마쳤습니다."

"테레지아 백작, 그대는 적의 후위로 돌아간다. 할 수 있는가?”

“있습니다.”

“경기병 1만과 궁기병 1만, 마법 병단 1백을 그대가 지휘한
다.”

“명을 따릅니다.”

그 즉시 군을 다시 재편하여 바람처럼 움직이는 테레지아
백작이다.

적의 후위로 돌아가는 일. 그것은 테레지아 백작이기에 가
능했다. 대지의 기억을 읽을 수 있는 중급 정령을 다루는 테
레지아 백작이기에 말이다.

한편 중앙 본진에 있는 곳에 레너드의 전언이 전해졌다.

“그렇단 말이지? 카르파티아 지역에 문제가 생겼다?”

“그렇습니다.”

“베인 후작에게 전권을 맡긴다고 전하게.”

“명을 받습니다.”

통신이 끊어졌다.

“들었지?”

“들었습니다.”

“어찌할까?”

“확인 차 물어보시는 것입니까?”

“까칠하기는.”

카림을 시험하려 물었다 본전도 못 건진 베르누크였다. 언제나 이런 식이었다.

“그쪽으로 병력이 쏠리지 못하도록 시선을 끌어줘야 하지 않겠습니까?”

“그냥 그쯤으로만?”

“무슨 섭섭한 말씀을. 국왕 폐하께옵서는 이미 이번 전쟁을 판가름 짓고자 결심하신 것 아닙니까?”

자신의 생각이 들킨 것을 기분 나빠하지 않는 베르누크였다. 아니, 오히려 그 정도도 예상하지 못하면 무슨 군사이겠느냐는 듯이 반문까지 했다.

“풀어봐.”

“생각한 대로 전면전으로 갑니다. 최대한 빠르고 강력하게. 세 곳 모두를 타격하고 점령 후 기사들과 마법사, 그리고 전사, 경기병과 궁기병만으로 바이큰의 왕도까지 일직선으로 달립니다.”

베르누크는 흡족해했다. 기회가 왔다. 준비를 철저히 했기에 주어진 기회가 결코 아쉽지 않았다. 넙죽 받아먹을 준비가 되어 있기 때문이다.

“뒤처리는 보병에게 맡깁니다. 승부는 바로 왕도에서 결정날 것입니다. 바이큰 왕국은 국왕 폐하께옵서 왕도에 도착하는 날 지도상에서 지워질 것입니다.”

카림도 지금이 승부수를 던져야 할 시기라는 것을 알았다. 전면전. 좋다. 하지만 그 전면전은 많은 사망자를 낼 수 있다. 적도 회생 불가능한 타격을 입겠지만 뒷일을 생각하지 않을 수 없는 폴라리스 왕국의 입장에서도 많은 희생이 생기면 좋지 않다.

그 희생을 줄일 수 있는 방법은 바로 저들이 힘을 합쳐 저항하기 전에 내부에 어떠한 일이 있을지 모르나 그것을 적극적으로 이용하는 것이다.

“좋아, 전군에 진격 명령을 내린다.”

“명을 따릅니다.”

기다리고 기다리던 순간이다. 이 지루하고 지루한 전쟁을 끝맺을 때가 된 것이다.

최소한 한 왕국만이라도 줄여야 했다. 히르센과 이스턴은 그다음이다.

베르누크의 명령은 즉각 전군에 알려졌다. 언제나 전투를 준비하는, 그리고 그 속에서 매일 훈련을 반복하는 폴라리스 왕국군은 그 준비가 평상시와 다르지 않았다.

문제는 바로 서북 대평원을 평정하고 바이큰 왕국과 싸우기 위해 새로이 대족장으로 선출된 드루실리우스 클레이튼이 끌고 온 바이큰족이었다. 그들은 동족과 싸워야만 한다.

　과거와는 달리 같은 바이큰족으로서 상당히 끈끈함을 자랑하던 그들이니 당연한 걱정이 된다.

　하지만 지금 폴라리스 왕국군과 함께 전장에 투입될 준비를 하고 있는 바이큰족의 전사들을 보면 그러한 걱정은 기우라 할 수 있었다. 그들은 마치 생사대적을 만난 듯이 싸늘한 투기를 내뿜고 있었던 것이다.

　"괜찮겠소?"

　베르누크가 클레이튼 대족장에게 넌지시 물었다. 걱정이 되었던 탓이다. 동맹의 관계였으나 이들과 손발이 맞지 않는다면, 혹은 전장에서 이들이 주저하고나 바이큰 왕국군에게 호응한다면 아무리 무적의 폴라리스 왕국군이라 할지라도 막대한 피해를 감수해야 하기 때문이다.

　"대평원의 전사의 약속은 1그램 무게의 약속이라 할지라도 그 가치는 측량할 수 없는 무게를 지니옵니다. 국왕 폐하께옵서 어떤 걱정을 하는 잘 알고 있사오나 이 전투가 끝난 후라면 그 걱정이 기우였다는 것을 아시게 될 것이옵니다."

　대족장의 표정은 비장하기까지 했다.

　그의 입장에서는 이 전쟁에서 반드시 살아남고 반드시 이 전쟁을 승리로 이끌어야만 했다.

　그것은 바로 폴라리스 왕국이라는 동반자가 생겼기 때문이다.

폴라리스 왕국을 제외하고는 서북 대평원의 바이큰족에 대하여서 평등한 인식을 가진 왕국은 없다고 해도 과언이 아니다.

노예나 정복당해야만 하는, 혹은 미천하고 미개한 족속들이 바로 서북 대평원의 바이큰족이었으니 말이다.

클레이튼 대족장의 입장에서 본다면 그 모든 인식을 불식시키고 진정한 동반자로서 대우를 해주는 곳은 폴라리스 왕국이 유일했다.

또한 지금 현재도 언제나 장벽으로만 존재하던 던가드 성벽이라는 곳을 오롯하게 바이큰족에게 넘겨 버린 것은 굳은 동반자로서의 의지라 할 것이다.

동족의 미래를 결정짓는 가장 큰 전쟁일 것이니 그야말로 절호의 기회. 최선을 다할 수밖에 없는 입장이다.

"폴라리스 왕국군이여, 준비가 되었는가?"

"추우우웅!"

"대륙을 질타할 준비가 되었느냔 말이다!"

"추우우웅!"

"하면 폴라리스 왕국의 국왕으로서 명하노니 진군을 막는 저 견고한 성벽을 향해 진격하라!"

"진격하라!"

"진겨어억!"

가장 선두에 선 베르누크가 선 채로 할버드를 앞으로 쭉 뻗어내면서 말을 달려갔다.

그 뒤로 클레이튼 대족장이 달려나갔고, 그 뒤를 폴라리스 왕국군의 기사들과 바이큰족의 전사들이 뛰쳐나갔다.

그와 동시에 폴라리스 왕국만이 가진 전력, 바로 마법사단의 고서클 마법이 뒤를 이었다. 궁수는 없었다. 화살을 쏠 필요조차 없기 때문이다.

"타올라라, 마나의 힘이여! 모여들어 대지에 그 모습을 드러내라! 뜨거운 불꽃의 향연! 파이어 붐(Fire Boom)!"

"만물을 감싸 키우는 무한한 대지의 힘이여! 그 위대한 존재를 드러내 앞을 가로막는 모든 것을 폭발시켜라! 대지의 폭발! 락 버스터(Rock Buster)!"

"모든 생명의 근원이자 생명의 씨앗인 마나의 울림이여! 혼재된 공간에 그 존재함을 알리라! 조화로운 힘! 에어로 붐(Airo Bomb)!"

"하늘과 땅을 오가는 자들이여! 생명의 씨앗을 옮기는 공간의 흐름이여! 너의 위대한 힘을 내게 빌려다오! 바람의 힘! 윈드 토네이도(Wind Tornado)!"

무속성을 비롯한 4대 속성의 모든 마법이 한꺼번에 쏟아져 나왔다. 그리고 그 마법은 단 한 번만으로 끝나지 않았다. 지금과는 전혀 다른 마법이 터져 나왔다. 일정 간격을 두고 시전되던 마법이 아닌 끊임없이 쏟아져 내렸다.

얼음이 터지고, 대지가 터졌고, 바람이 거치적거리는 모든 것을 쓸어갔다.

다가오는 적을 방어하기 위해 송곳처럼 깎아 대지에 박아 넣었던 통나무가 날아가 부러지고 가루가 되어갔다.

물은 흐르지 않으나 튀어오른 통나무와 쏟아지는 흙과 부유물로 그 넓은 해자가 메워지고 있다.

석상 못지않게 단단하고 튼튼하던 목책은 이제 더 이상 목책의 기능을 하지 못하고 있다.

깨지고 부서지고 박살이 나고 파였다.

"쏴라! 화살을 쏴!"

"화살을 쏘란 말이다! 적이 접근하지 못하도록 화살을 쏴라!"

쏴아아아아!

마치 여름날 소나기가 오듯이 하늘을 시꺼멓게 물들이며 화살의 비가 진군하는 폴라리스 왕국군을 향해 쏟아져 내렸다.

"세상을 지배하는 마나의 힘이여! 보이지 않는 손으로 적의 공격을 막아라! 마나의 방패! 프로텍트 프롬 미사일(Protect from Missile)!"

투두두두둑!

폴라리스 왕국군을 향해 쏟아져 내리던 화살비가 대지에 강하게 부딪쳐 튕겨 오르는 빗방울인 양 사방으로 튕겨져 나갔다.

그 수많은 화살 중 단 한 발도 폴라리스 왕국군 쪽으로 접근하는 화살은 없었다.

"실라페! 바람의 방패!"

그리고 이어지는 베르누크의 나지막한 외침.

츄화아아앙!

마치 검과 검이 맞부딪쳐 스쳐 지나가는 듯한 날카로운 소리가 들려오며 무려 좌우로 2킬로미터가 넘는 간격으로 투명한 막이 생성되었다.

그 투명한 막은 어떠한 것도 통과시키지 않았다.

하지만 폴라리스 왕국군이 쏘아내는 모든 마법 공격은 당연하다는 듯이 통과시켰다. 아니, 통과시키는 것뿐만 아니라 마치 뒤에서 밀어주듯이 막을 통과한 모든 마법이 최초보다 두 배의 속도로 뻗어 나가 성채와 목책, 그리고 바이큰 왕국군을 휩쓸었다.

"크아아아아악!"

"피, 피해라!"

마법 공격을 받은 바이큰 왕국 진영은 그야말로 아비규환이었다. 그들에게는 마법을 막을 만한 그 어떠한 것도 없었다.

우슬란 성에서부터 던가드, 그리고 북부의 대부분을 잡아 먹은 폴라리스 왕국의 마법 전력에 대하여 그렇게 듣고 또 들 었으나 코웃음 친 대가를 지금 받고 있었다.

전사는 비겁하지 않다. 뒤에서 불덩이나 쏘아내는 그런 나 약한 전사는 필요 없다는 고지식한 생각. 또한 그런 드높은 자존감이 이런 대량의 피해를 낳게 하였고, 방어할 수 있는 모든 기능을 스스로 버리는 어리석음을 택하고야 말았다.

"이, 이것이 마법 전력이라는 것인가? 허어!"

알자스 지역 방어를 담당하고 있던 군단장 아리드네스 쿨 리지는 그저 멍하니 가장 높은 망루에서 거침없이 쇄도해 오 는 폴라리스 왕국군을 바라보고 있다.

지금도 여전히 마법은 진영을 쑥대밭으로 만들고 있다.

화살을 날리던 궁병은 이제 마법에 직격 받지 않기 위해 이 리저리 숨고 피하기에 바빴고, 만월도를 쥔 전사들은 아직 적 이 다가오지 않았음에도 어찌해야 할지 몰라 당황하고 있다.

이미 튼튼하게 이중삼중으로 세웠던 목책은 그 효용성이 유명무실해지고 있었다. 그야말로 초토화였다. 이점이라고 는 겨우 이곳이 저들보다 약간 높은 지역이라는 것뿐이다.

하지만 지금의 상황에서는 그것 역시 이점이 될 수 있을까 하는 생각마저 들었다.

"어찌하시겠습니까?"

어느새 곁으로 다가온 전사장 아트레우스 크림슨이 물어 왔다.

"카르파티아와 슈바르츠발트는?"

"전령의 말로는 이미 두 곳 역시 공격을 받고 있다 합니다."

전사장의 말에 흠칫 몸을 떠는 쿨리지 군단장이다.

"전사들의 말을 들어야 했거늘. 나도 이제 늙었음인가?"

"후회는 아무리 빨라도 늦는 법입니다."

무뚝뚝한 전사장의 말에 살짝 그를 쳐다보던 쿨리지 군단장은 이내 시선을 돌려 쇄도해 들어는 폴라리스 왕국군을 바라보았다. 그리고 이내 명을 내렸다.

"전사들과 병력 모두를 투입하게."

"명을 따릅니다."

CHAPTER
09
바이큰 왕국의 마지막 날

Knight King

“뭐, 뭐라?”

“카르타헤나 저지선이 무너졌다 합니다.”

“허어!”

털썩!

의자에서 먼지가 일어날 정도로 주저앉은 쿨트란 족장이
다. 그리고 그러한 그에게 더욱더 충격적인 말이 들려왔다.

“공격의 시작점이 바로 카르파티아의 코스피 족장이 암살
당한 그 시점이었다고 합니다.”

“그…….”

　도둑이 제 발 저린다고 하던가? 어떠한 말도 하지 못하는 쿨트란 족장이다. 설마 그렇게 카르타헤나 저지선이 무너질 줄은 몰랐다.

　기실 아주 조그마한 틈이라 할 수 있을 것이다.

　아니, 틈이라고 할 수도 없다. 폴라리스 왕국군이 적장이 암살당한 것을 알 리가 없으니 틈이라고도 할 수도 없다.

　그런데 그 틈을 공격해 들어온 폴라리스 왕국군이다.

　"…아이작스 백작은?"

　"…사라졌습니다."

　꿈틀.

　송충이 같은 눈썹이 꿈틀거렸다. 불신이 가득한 얼굴. 믿을 수 없다는 듯이 그의 동공에는 아무것도 맺혀 있지 않았다.

　"…배신인가?"

　"현재로서는… 어떠한 것도 말씀드릴 수 없을 것 같습니다."

　저도 모르게 고개를 주억거리는 쿨트란 족장이다. 그를 신경 쓸 일이 아니었다. 이제는 죽은 듯이 엎드려 있어야만 했다.

　분란을 획책하는 사실을 알고 있는 코스피 족장을 제거했지만 자신의 입지는 더욱더 위태로워졌다.

　"다른 이들은?"

"역시 연락이 안 되고 있습니다."

"엎드린 건가?"

"그것이 순서이지 싶습니다."

"그렇군."

어두운 얼굴과 침중한 목소리. 결코 편안하지 못한 모습이다.

그러기를 한참. 자신이 대체 무슨 짓을 저질렀는지 깨달은 쿨트란 족장이 말을 이었다.

"혼자 있고 싶군."

"……."

말없이 고개를 숙이고 문을 나서는 사내.

"하아!"

답답한 신음이 흘러나왔다. 두 손을 책상 위에 올렸다. 그리고 손가락에 스치는 까칠한 무엇.

'양피지?'

까칠하게 삐죽 튀어나온 양피지. 깔끔하게 정리된 책상 위에 도저히 어울리지 않는 물건이다. 저절로 양피지로 손이 가는 쿨트란 족장이다.

기다랗게 딸려 나오는 양피지. 그 안에 예의 눈에 익은 필체가 있다.

'에게너 아이작스 백작!'

어리석은 자여!

권력이 그리 좋던가? 동족을 위험에 빠뜨릴 정도로 말인가? 어떠한가? 그대들이 그리도 무시하고 경멸해 마지않던 제국의 귀족에게 배신당한 느낌이 말인가?

그렇게 시작된 자신의 군사였던 에게너 아이작스 백작의 길고 긴 편지.

부들부들.

쿨트란 족장의 두 손은 부들부들 떨리고 있고, 얼굴은 그야말로 흉악하게 일그러지고 있다.

와락!

결국 쿨트란 족장은 아이작스 백작의 서신을 다 읽지 못하고 양피지를 움켜쥐고 말았다. 그리고 거친 숨을 들이쉬고 내뱉었다.

"크크크, 그렇단 말이지. 이 키레네스 쿨트란을 네놈이 가지고 놀았다는 말이지? 크크크."

혼자서 미친 듯이 웃는 쿨트란 족장이다. 미친 듯이 웃는 모습이 실성한 것처럼 보이기도 했고 무언가 비장해 보이기도 했다.

"게 있느냐?"

"하명하십시오."

"궁으로 들어갈 것이다. 채비를 하도록."

"명을 따릅니다."

툭!

쿨트란 족장의 발치 앞으로 떨어져 내리는 두루마리 하나.

"가장 선두에 서. 그것은 임명장이야."

"하해와 같은 은혜, 목숨으로 갚겠사옵니다."

물러나는 쿨트란 족장.

쿨트란 족장이 완전히 사라진 후 세이런 군사장이 칼라한 국왕 앞으로 나섰다.

"작전은 없다. 왕도 앞에서 그들을 맞아 마지막 결전을 치를 것이다. 이 사실을 히르센과 이스턴의 원군에게 전하도록. 또한 따르지 않는다면 폴라리스 왕국군에 의해서가 아니라 본 왕에 의해 죽을 것이라 전하게. 축제는 끝났다는 말도 반드시 전하고 말이네."

"명을 따릅니다."

세이런 군사장이 집무실을 벗어나자 칼라한 바이큰 국왕은 왕좌에서 일어나 서서히 걸음을 옮겼다.

왕궁이 훤히 내려다보이는 거대한 창문 앞이다.

이미 계절은 또다시 봄으로 접어들고 있었다.

어느새 1년을 넘어서고 있는 폴라리스 왕국과의 전쟁.

아직은 겨울의 기운이 남아 있어 쌀쌀한 날씨이지만 대평원에 비하면 그저 따사롭기만 한 날씨이다.

"이제 끝을 볼 때인가?"

죽거나 죽이거나, 망하거나 기사회생하거나.

그리 생각하니 갑자기 그동안 끊임없이 자신을 괴롭히던 모든 것이 사라지는 것을 느끼는 칼라한 바이큰 국왕이다. 피식 웃었다. 하지만 그 피식거림이 잦아지더니 이내 턱을 치켜 올리며 앙천광소를 쏟아내었다.

"크크크하하! 크하하하! 크하하하하하핫!"

*　　　*　　　*

카르타헤나의 전투가 있은 후 보름.

폴라리스 왕국과 바이큰 왕국은 바이큰 왕국의 왕도 앞에서 서로를 바라보며 넓게 전열을 정비하고 있었다.

폴라리스 왕국으로서는 희소식이기도 하다.

공성전이면 힘들 뻔하긴 했다. 하지만 베르누크로서는 공성전이든 평야전이든 산악전이든 다 거기서 거기였다. 마법과 정령은 그 모든 것을 똑같은 작전 지역으로 만들어놓기에 충분했으니 말이다.

하지만 설마 바이큰 왕국의 국왕이 가장 큰 이점인 공성을
버리고 성을 나올 줄은 몰랐다.

베르누크는 지형과 함께 저들이 펼친 진형을 살펴보았다.
마치 나 여기 있으니 들어오라는 듯이 좌우 날개를 둥글게 펼
친 진형이다.

너무나 뻔히 보이는 수. 뻔히 보인다 할지라도 결코 얕볼
수는 없다.

일단 모든 병사와 전사가 입고 있는 레더 메일이 문제라 할
수 있었다. 멀리에서 보기에도 고가의 장비로 보였으니 말이
다.

"전력을 다하겠다는 것이로군."

"저 정도면 아마도 국고가 바닥났다 할 수 있을 것이옵니
다."

"쿵. 죽어도 곱게 못 죽겠다는 말이로구만, 뭐."

베르누크는 곁에 있는 군사장 카림에게 툴툴대었다. 결코
만만한 전투가 되지 않을 것 같은 느낌이 들어서이다.

그리고 분명 마법사의 존재도 있다. 물론 바이큰 왕국의 전
력은 아니나 느껴오는 바람에는 그들조차 바이큰 국왕에게
좌우되는 듯한 느낌이다.

"지렁이도 죽을 때는 켁 하고 죽는다고 했다, 형님 폐하."

곁에서 호박씨를 열심히 까 먹고 있던 제이가 뜬금없는 말

을 던지자 모든 시선이 그에게로 향했다.

하지만 여전히 제이는 호박씨만을 열심히 먹어댔다. 더 이상의 말이 나오지 않을 성싶자 레너드가 살포시 웃으며 말을 받았다.

"많이 컸구만, 브레이커 백작."

"나 원래 레너드보다 컸다."

"크큭. 이제 말로는 베인 후작이 브레이커 백작을 이길 수 없겠구만."

"크흐으음."

잠시 간의 여유이다. 이것이 전투에서 긴장을 푸는 방법이다. 신분 고하가 중요한 것이 아니다. 이미 그러한 것을 훌쩍 뛰어넘었음을 모르는 이는 없었다.

다른 때가 아닌 바로 이 순간이기에 그 경계가 평상시보다 더 헐거워졌다.

그 중심에 서 있는 베르누크가 그것을 허용하니 자연스럽게 흐르는 현상이다. 하지만 그렇다 하더라도 절대 선을 넘지 않는 그들이지만 말이다.

이들은 모두 여유를 부릴 줄 알았다. 당장 죽는다 하여도 그리할 것이다. 그러한 분위기에 이제는 상당히 적응하고 있는 클레이튼 대족장이다.

그것은 전사들 역시 마찬가지였고, 테레지아 백작의 벽보를 통해 폴라리스 왕국에 참여한 귀족이나 기사, 병사들 역시 마찬가지였다.

애초에 20만으로 시작한 바이큰 왕국과의 전쟁은 이제 70만 이라는 대군이 되어버렸다.

지금 현재 바이큰 왕국군은 히르센과 이스턴에서 보내준 원군을 포함한다 하여도 겨우 50만.

병력에서부터 완벽하게 차이가 났다.

양적인 면이 그러함에도 질적인 면 또한 뒤지지 않았다. 물론 단기간이기에 의문을 품는 이들도 있겠으나 실은 새로 참여한 귀족들과 기사들이 문제이지 바이큰족은 문제가 되지 않았다.

그 연유는 대평원의 반대 세력을 소탕하면서 레너드가 군을 이끌었기 때문에 그들은 훈련을 할 필요가 없었다.

못해도 8개월 이상 실전을 거쳤으니 그 훈련이 의미가 없다고 할 수 있다.

하지만 귀족들과 기사들은 달랐다. 그들은 뜨거운 가슴으로 참여하기는 했으나 폴라리스 왕국군과는 조금은 다른 권위의식을 가진 자들이 대부분이었다.

물론 6년의 기간 동안 바이큰족들에게 천대와 멸시를 받았기에 많이 희석되기는 했으나 여전히 뿌리 깊게 남아 있는 권위의식은 쉽게 사라지지 않았다.

그것의 해결책은 의외로 간단했다. 베르누크는 그들을 전선의 가장 선두에 세웠다. 귀족이고 기사이고 상관없었다. 가장 선두에 서서 가장 먼저 성벽을 향해 돌격해야 했고, 가장 먼저 화살을 맞아야만 했다.

생사가 갈리는 현장, 그리고 피가 튀고 뼈가 부서지는 상황에서 그들은 진한 전우애를 느꼈다. 그 전우애 속에서는 귀족의식과 권위의식은 필요 없었다.

그들은 결국 외치게 되었다.

"우리는!"

"우리는!"

"하나다!"

"하나다!"

그들은 언제나 전투의 가장 선두에 서서 그렇게 외치면서 적을 향해 돌진해 들어갔다. 그러면서 그들은 통쾌하게 웃었다. 왜 웃음이 나오는지 몰랐다. 이 피가 튀는 장소, 생명을 앗아가는 장소에서 그들은 빠져들었다.

그 자유로움에 빠져들었다. 기사라는 것에, 귀족이라는 것에 적응되고, 그 속에 침잠되어 자신을 잃어버렸던 그들이기에 지독하리만큼 고독했던 그들의 응어리를 풀어내고 있었다.

그러하기에 가장 걱정되었던 그들이나 지금에 와서는 가

장 빠르게 폴라리스 왕국의 이념에, 혹은 그 속에 스며들고 있는 그들이다. 무거운 것을 내려놓았기 때문이다.

그래서 이들은 내일 당장 전투의 가장 선두에 서서 진격한다 할지라도, 그리해서 생을 마감한다 할지라도 두렵지 않았다. 아니, 두려웠다. 그러함에도 웃을 수 있는 것은 짧은 기간이지만 진정한 귀족으로서, 기사로서 살았기 때문이다.

그렇게 여유를 즐기는 동안 서서히 어둠이 찾아오고, 어둠 속에서 하나둘씩 불이 켜졌고, 잠이 들고, 다시 새벽이 밝아 오며 동이 터왔다.

일찍부터 쉬어서인지 아니면 어쩌면 마지막 전투가 될지 몰라서인지 새벽 일찍부터 귀족들과 기사들, 그리고 병사들은 부산하게 움직였다.

누구를 돕기도 하고 스스로의 무구와 장비를 하나하나 정성스럽게 정비하기도 하면서 병사들은 병사대로, 기사들은 기사대로 자신들이 맡은 본분에 맞게 움직여 나갔다.

그들의 움직임에는 비장함이라기보다는 당연히 해야 할 몫이라는 인상이 강했다. 한마디로 차분하게 시작된 하루라 할 수 있었다.

그렇게 하루의 일과가 시작되었고, 이른 아침을 먹은 모든 병력이 드디어 진영을 구성하기 시작했다.

방패병이 서고, 장창병이 서고, 궁병이 서고, 좌우로 경기병과 궁기병이 섰으며, 중앙에는 지금껏 한 번도 그 자리를 변경해 본 적 없는 베르누크와 기사들, 그리고 마법사들이 자리 잡았다.

베르누크는 서서히 말을 몰아 진영의 좌측 끝으로 달렸다. 병사들의 표정과 기세를 하나하나 모두 눈에 담고 있다는 듯이 서서히 움직여 진영의 끝에 도착한 베르누크였다.

"부대～ 준비～ 창!"

처저저적!

준비 창이라는 외침과 함께 방패병 뒤에 5미터의 장창을 들고 서 있던 장창병이 장창을 앞으로 내밀었다.

수직에서 수평으로 내민 것이 아닌, 약 45도 정도의 기울기로 내밀어진 장창.

베르누크는 마상 장검을 두고 자신의 애병인 할버드를 꺼내 내밀어진 가장 첫 번째 장창을 툭 부딪쳤다.

그리고 서서히 말을 몰아 장창과 자신이 할버드를 부딪치며 지나가기 시작했다.

뚜벅뚜벅 걷던 말이 속도를 붙이기 시작하고, 종내에는 빠르게 질주하면서 장창과 할버드가 부딪치며 날카로운 소리를 내며 허공에 울려 퍼졌다.

끝에서 끝까지, 그리고 다시 중앙까지 온 베르누크. 그리고 외쳤다.

“준비가 되었는가?”

“추웅!”

“오늘 저녁을 저 바이큰 왕국의 왕성에서 먹을 준비가 되었느냐 말이다!”

“와하하하하!”

웃음이 터져 나왔다. 이미 승리를 기정사실화하는 베르누크의 말이 우스워서 웃는 것은 분명 아닐 것이다.

“그러하기 위해서는 살아남아서 나의 이 개떡 같은 얼굴을 보아야 할 것이다! 그리할 준비가 되었는가 말이다!”

“추후우우웅!”

점점 고조되는 전운의 기운. 그에 병사들과 기사, 그리고 귀족 모두의 가슴이 서서히 뜨거워지기 시작했다.

“궁병은 앞으로 나서라!”

처저저적!

“마법사단은 앞으로 나서라!”

“추우웅!”

“병사들은 들어라! 가슴을 펴라! 눈을 들어 적을 바로 보아라! 스스로를 믿고 동료를 믿어라! 굳센 두 다리로 대지를 걸어 적의 심장을 도려내어라! 출진인!”

“충!”

“추웅!”

"충!"

방패병을 전면에 내세운 장창병이 밀집 공격 대형을 취하고 대지를 구르며 한 걸음 한 걸음 바이큰 왕국군을 향해 다가가기 시작했다.

"준비된 궁수로부터 사격 개시!"

"마법사단! 마법 지원 개시!"

수십만 발의 화살이 밝은 하늘을 시꺼멓게 물들이기 시작했고, 그 후속으로 하늘을 시뻘겋게 물들이며 마법이 작열하기 시작했다.

대지가 진동하기 시작했고, 살을 엘 듯한 바람의 폭풍이 불어닥치기 시작했다.

이것은 재앙이었다. 인간이 만든 재앙.

하나 바이큰 왕국 역시 단단히 준비했는지 차분하게 폴라리스 왕국군의 공격에 대응하고 있다.

"버텨라! 지급된 무구를 믿어라!"

"동료를 믿어라! 살아남을 것이다!"

그 와중에 바이큰 왕국군 진영의 곳곳에 새하얗게 빛나는 마법진이 새겨지며 빛을 뿜어내기 시작하였다.

이스턴과 히르센에서 지원한 마법사들이 단독 마법으로 사용하지는 못하고 마법진을 이용한 대마법, 혹은 대화살 방어 마법진이다.

"세상을 지배하는 마나의 힘이여! 보이지 않는 손으로 적의 공격을 막아라! 마나의 방패! 프로텍트 프롬 미사일(Protect from Missile)!"

"중간계의 생명을 지배하는 마나의 힘이여! 보이지 않는 손으로 적의 공격을 막아라! 마나의 방패! 실드(Shield)!"

수십만 발의 화살이 마법 방어에 막혔고, 쏟아지는 마법이 실드에 막혔다.

하나, 화살 공격과 마법 공격은 단 한 번에 멈춘 것이 아니었다.

마치 파도가 몰아치듯 끊임없이 이어지는 화살과 마법의 향연에 마법진이 조금씩 금이 가기 시작했다.

쩌적! 쩌저저적!

"크읍! 마나의 고, 공급이 원활치 않습니다."

"조금만, 조금만 더 버텨라!"

쩌저저정!

실드와 마법 방어진이 출렁거리며 깨져 나가기 시작했다. 그러는 동안 폴라리스 왕국군은 점점 바이큰 왕국군을 향해 다가오고 있었다.

"전군은 나를 따르라!"

드디어 베르누크의 입에서 진군 명령이 떨어졌다. 대기하고 있던 경기병과 궁기병, 그리고 기사들은 각자의 무기를 꺼내 들고 커다랗게 함성을 지르며 말을 달려 앞으로 쏟아져 들어갔다.

그리고 베르누크의 입에서 나온 한마디.

"캔슬!"

보병이 절반 정도를 넘어서고 베르누크를 따르는 병사들이 적의 3분의 1 지점에 도착할 때쯤 외쳐지는 한마디였다.

"커허어억!"

"울컥!"

"마, 마법진이……."

저어어엉!

쿠구구구! 콰가가가강!

기어코 폭발하고 말았다.

마법진이 폭발하며 그 주변을 지키고 있던 병사들과 마법사들이 마치 인형처럼 사방으로 날아올라 떨어졌고, 일부 마법사는 가슴을 부여잡으며 검붉은 선혈을 울컥울컥 쏟아내고는 혼절했다.

"전구우운! 진겨어억!"

그에 칼라한 바이큰 왕국 국왕의 사나운 광포성이 터져 나왔다.

이미 전쟁은 시작되었고, 최후의 한 수마저 무너진 마당에 더 이상 기다릴 수는 없었다.

적의 말도 안 되는 장거리 화살과 마법 공격에 약간의 손해를 입더라도 부딪칠 수밖에 없었다.

쿠드드득!

"우와아아!"

"죽여라!"

"끄아아악!"

보병과 보병이 부딪쳤다. 이제는 활도 마법도 필요 없었다. 오직 수중에 들고 있는 검과 방패만으로 생사를 가를 수밖에 없었다.

복부를 찌르고 관통하는 검. 심장을 관통하고 그래도 여력이 남아 뒤에 있는 병사의 눈을 관통하는 장창.

질펀하게 튀어 오르는 진득한 피와 뒤섞여 눈앞을 가리는 흙무더기.

위험하기에 침을 뱉어 눈을 가렸고, 한 손이 모자라 두 손으로 검병을 잡아 쑤셔 넣었다.

소름 끼치는 비명 소리가 귓가에 맴돌고, 텁텁하고 비릿한 무언가를 부지불식간에 삼켜야 했고, 숨이 턱턱 막혀 헉헉거림에도 다가오는 적을 향해 본능적으로 검을 쑤셔 박아야만 했다.

병사들과 병사들이 맞붙는 순간 전장의 중앙이 아닌 좌우 끝에서도 역시 기사와 기사가 맞붙었다.

병사들의 전투와는 조금 다른 양상. 그들보다 더욱 험악하고, 그들보다 더욱 잔인한 피가 강처럼 흘러내렸다.

말과 함께 갈라져 피분수를 뿜어내는 기병과 신체의 일부가 잘려 말에서 떨어져 신음하는 자들은 여지없이 꼬챙이에 꿰이듯이 마상 창에 꿰여 죽어갔다.

말발굽에 밟혀 죽었고, 검에 잘려 죽었다.

육중하고 잔인한 활극.

그 속에는 레너드도 있고 제이도 있었으며, 롬멜 백작도, 테레지아 백작도, 베르누크도 있었다.

"베르누크 아이젠, 어디 있느냐? 나 클레이투스 칼라한이 여기 있다!"

광폭한 외침에 칼라한 바이큰 국왕의 입에서 터져 나왔다. 그가 그레이트 소드만큼이나 거대하고 육중한 만월도로 사방을 휩쓸었다.

"맞서지 마라!"

"견제! 견제만!"

"물러서! 물러서란 말이다!"

칼라한 바이큰 국왕이 있는 곳에는 원이 형성되어 있다. 결코 실력이 없음에도 칼라한 바이큰 국왕을 죽이겠다고 덤벼드는 폴라리스 왕국군은 없었다.

그것은 철저한 훈련에 의한 것이었다.

자신보다 강한 자에 대하여 섣불리 덤벼들지 않아야 한다는 것.

적당히 견제하며 시간을 벌어야 한다는 것.

그것은 기사 역시 마찬가지였다.

마스터는 견제를 한다고 해서 견제가 되는 존재도 아니지만, 기사의 무력은 견제만 잘한다면 목숨은 부지할 수 있기 때문이다.

그러한 훈련 덕택인지 별다른 피해 없이 칼라한 바이큰 국왕을 잘 견제하고 있었다.

"크하하하! 폴라리스 왕국에는 진정 기사가 없더냐?"

가슴에 불을 지르는 언사에도 불구하고 폴라리스 왕국군의 대응은 여전했다.

대신 칼라한 바이큰 국왕의 뒤를 따르는 전사들은 결코 무사하지 못했다. 그곳에는 처절한 전투가 벌어지고 있었으니 말이다.

그러기를 한참. 갑자기 칼라한 바이큰 국왕을 견제만 하고 있던 폴라리스 왕국군의 기사들이 좌아악 갈라졌다. 그에 칼라한 바이큰 국왕은 거대한 만월도를 멈추고 갈라지는 곳을 바라보았다.

"불렀는가, 클레이투스 칼라한이여!"

베르누크였다.

거대한 말과 함께 핏방울이 뚝뚝 떨어지는 할버드를 늘어
뜨린 채 칼라한 바이큰 국왕이 있는 곳으로 다가오고 있었다.

다가오는 베르누크를 보고 기괴하게 웃으며 칼라한 바이
큰 국왕이 묵직하게 말을 던졌다.

"폴라리스 왕국의 기사는 다들 겁쟁이더군! 빌빌거리며 나
서 싸우지도 않으니 말이야!"

"내 할버드에 묻은 피는 바이큰족 전사들의 피지. 족히 1천
은 죽었을 게야. 아직도 그 피가 식지 않아 나의 손아귀에는
그 펄떡이는 심장이 느껴지는군."

베르누크의 능글맞은 말투에 오히려 분통을 터뜨린 것은
바로 칼라한 바이큰 국왕이었다.

그렇지 않아도 답답하던 차다. 덤비지도 않고 마치 여우처
럼 피하기만 하니 말이다.

그래서 그들을 비웃으며 경동시키려 했으나, 오히려 그 능
글맞음에 분통을 터뜨리고 말았다.

하나, 그리 쉽게 움직이지 않는 칼라한 바이큰 국왕이다.

"크하하핫! 폴라리스 왕국의 국왕은 그 말솜씨만큼은 그랜
드 마스터의 경지구나!"

"훗! 말이라도 그랜드 마스터이니 넌 필시 나의 말에 의해
죽을 것이다."

쿠후후후웅!

그에 칼라한 바이큰 국왕이 얼굴을 굳히며 힘을 개방하고야 말았다.

말로는 베르누크를 당할 수 없음을 깨달았다. 애초에 말로 상대를 죽일 수 없음이니 전투로 친다면 오히려 공격하고도 손해를 보고야 마는 꼴이기 때문이다.

베르누크 역시 가만히 있지는 않았다. 온몸에 마나를 돌리기 시작했다. 심장이 펄떡였다. 조용히 잠자고 있던 혈관이 부풀어 오르며 온몸 구석구석까지 마나가 흘렀다.

꾸욱!

"하아!"

할버드를 굳게 잡은 베르누크는 이내 커다랗게 소리를 지르며 말을 배를 차 바이큰 국왕을 향해 달려들었다.

그것은 베르누크만이 아니었다. 이미 칼라한 바이큰 국왕 역시 말을 몰아 베르누크를 향해 쇄도해 들고 있었다.

선공은 칼라한 바이큰 국왕이 했다.

칼라한 바이큰 국왕의 만월도에서 암흑보다 더 검은 칙칙한 오러 블레이드가 쭈욱 뻗어 나와 수십 줄기로 갈라지며 베르누크를 압박해 들어왔다.

"하앗!"

베르누크는 그 모든 검은색 오러 블레이드를 박살이라도 낼 듯이 할버드를 휘둘렀다.

백염으로 이글거리는 새하얀 태양이 급박하게 쇄도해 오
는 검은색의 오러 블레이드와 뒤섞였다.

쿠구콰가가가강!

부서지고 박살이 났다. 마치 빛과 어둠이 부딪쳐 폭발하듯
사방으로 어둠과 빛이 깨어지며 퍼져 나갔다.

베르누크는 지체하지 않았다. 팅겨 나오는 할버드를 그대
로 빙글 돌며 휘둘렀다.

정확히 칼라한 바이큰 국왕의 목을 향하는 백염의 광채. 방
어에 이은 공격. 마치 물이 흐르는 듯한 베르누크의 일수.

하지만 칼라한 바이큰 국왕 역시 만만치 않았다.

마치 이미 알고 있었다는 듯이 어느새 말 등 위로 그대로
누워버렸다.

사아아악!

새하얀 백광의 흔적을 남기며 지나치는 베르누크의 할버
드.

칼라한 바이큰 국왕은 말 위에 누운 상태에서 그대로 빙글
한 바퀴 돌았다. 하지만 절대 말 등을 벗어나지는 않았다.

놀라울 정도의 기마술이라 할 것이다. 중요한 것은 그런 고
난도의 기마술을 보이면서도 공격을 시도하고 있다는 점이다.

주인과 같이 회전한 만월도가 아래에서 위로 그어 올려졌
다.

그에 베르누크의 할버드가 회전했다. 그리고 위에서 아래로 그 육중한 할버드를 번개처럼 찍어 내렸다.

콰가가강!

주변을 휩쓰는 거대한 폭음이 들려왔다. 마나의 폭풍이 주변을 휩쓸었고, 마치 전설의 마법인 매테오가 떨어진 듯 둘 사이에 깊은 구덩이가 파였다.

후우우웅!

둘이 떨어졌다. 길게 늘어뜨린 할버드와 만월도. 그 둘은 서로를 바라보았다.

"인정하지 않을 수 없군."

칼라한 바이큰 국왕이 들뜬 음성으로 베르누크를 향해 한 한마디이다. 하지만 들려오는 베르누크의 답은 시큰둥했다.

"인정받자고 한 적 없어."

"크크큭. 그런가?"

"죽을 줄도 모르고 웃기는……."

둘의 간격이 거의 15미터에 이르건만 둘은 마치 바로 옆에 있는 것처럼 친구같이 대화하고 있었다.

베르누크는 더 이상 할 말이 없다는 듯이 할버드를 들어 피를 털 듯 털어냈다.

후두두둑!

무언가 할버드에서 떨어져 바닥으로 떨어지며 후두두 소

리를 냈다.

"자, 2회전을 시작해 보자고."

"큭! 죽여주마."

둘은 다시 서로를 향해 쇄도해 들어갔다.

그와 멀지 않은 곳.

그곳에서는 새로이 바이큰 왕국의 제1대전사의 자리에 오른 알렉산드로스 타키투스와 레너드가 서로를 바라보고 있었다.

그들의 주변에는, 특히 타키투스 대전사의 주변에는 수많은 폴라리스 왕국군의 기사들과 병사들의 주검이 널려 있었다.

그 주검은 마치 몬스터에게 물어뜯긴 것처럼 살점이 떨어져 나가 있는 등 잔인하게 죽어 있었다.

"스톰 브링거인가?"

"큭. 아직도 스톰 브링거를 아는 자가 있던가?"

레너드의 말에 마치 비웃듯이 웃음을 지으며 반문하는 타키투스 대전사였다.

"애새끼가 버릇없게스리. 나이를 먹어도 너보다 두 배는 더 먹었어, 이 새끼야. 아무리 전장이라도 그 정도는 좀 지켜라."

뭐가 마음에 안 드는지 아니면 잔인하게 죽은 주검이 레너드의 심기를 거슬렀는지 평소답지 않은 걸쭉한 육두문자를 내뱉는 레너드였다.

"크큭. 꼴에 대접받고 싶나 보군. 대평원의 전사는 오직 실력으로 말한다."

"그래, 이 어린놈의 새끼야. 내가 반드시 네놈을 제압해 엉덩이의 살점을 뭉텅이로 잘라주마."

쿠후후후웅!

두 사람이 개방한 마나가 부딪쳤다.

둘이 대치하고 있는 중앙은 마치 폭풍이라도 만난 듯이 땅거죽이 갈라지며 종내에는 마나의 회오리가 몰아치기 시작했다.

"타하앗!"

츄리리릿.

레너드는 기합성을 넣으며 말을 박차고 올랐다.

동시에 레너드의 연검이 펼쳐져 뱀처럼 민활하게 움직이며 수백 줄기의 붉은 오러 블레이드가 타키투스 대전사를 덮쳐들었다.

지금까지와는 전혀 다른 레너드의 공세에 감히 경시하지 못한 타키투스 역시 전력을 다해 스톰 브링거를 휘둘렀다.

쿠콰카가가강!

거친 폭발음이 터져 나왔고, 서로를 향해 거침없이 쇄도해 들어가던 둘은 마치 약속이라도 한 듯 튕겨져 나갔다.

투후욱!

투두둣!

"타하아앗!"

레너드의 기합성이 들려왔다. 여느 때와 다른 그의 기합성.

그것은 레너드가 지극히 분노하고 있다는 것을 증명하고 있는 것이다. 그는 지금 반드시 타키투스라는 저 잔인한 놈의 껍질을 벗겨 버리고 말겠다는 생각으로 가득했다.

독사의 혓바닥처럼 움직여 가는 레너드의 연검. 그것은 지금껏 타키투스 대전사가 싸워온 그 어떤 병기보다 난해했다. 함부로 검의 진로를 예상할 수 없었기 때문이다.

동수일지라도 쉽지 않을 상대이거늘 하물며 타키투스 대전사보다 훨씬 이전에 마스터의 경지에 오르고 수많은 전장을 누빈 레너드이다.

평범한 무기조차 레너드의 손에 들리면 신병이기가 되거늘 대륙에서 보기 힘든 연검이라는 기병임에야 어찌 쉽게 감당할 수 있겠는가?

촤자자작!

무언가 베이거나 찢어지는 소리. 그 순간 타키투스 대전사를 가리고 있던 레더 메일이 잘려 나가면서 핏방울이 사방으로 퍼져 나갔다.

"이… 이 개 같은 늙은이가 감히!"

"싸가지 없는 놈의 새끼. 어디서 걸레를 물어왔나. 네놈의 주둥이에 반드시 내 검을 박아주마."

"키아아앗!"

레너드의 말에 괴이한 소리를 내지르며 타키투스 대선사가 향해 쇄도해 들어갔다. 빛보다 빠른 속도였다.

하지만 레너드에게는 그저 애송이의 몸부림 이상으로는 보이지 않았다.

"흥!"

코웃음 친 레너드의 신형이 사라졌다.

마법은 아니었다. 하나, 일순간 타키투스 대전사는 시야에서 그를 놓쳤다

그에 당혹한 타키투스 대전사가 즉시 마나를 사방으로 뻗어 레너드를 찾고자 하였다.

단 몇 초간의 시간. 타키투스 대전사에게 있어서는 마치 영원과 같은 시간.

투욱!

짧은 시간의 집중에 굵은 땀방울이 대지로 떨어졌다.

그 순간 느껴지는 감각. 타키투스 대전사는 그 짧은 순간

느껴지는 난폭한 기세에 맹렬하게 몸을 돌려 세웠다.

하지만,

"늦었다, 이 싸가지 없는 새끼야!"

레너드의 연검이 급격하게 커지며 날아왔다.

쩌어어억!

방어조차 할 수 없었다. 수백의 기사와 병사를 잔인하게 도
륙한 타키투스 대전사는 분노한 레너드의 연검에 제대로 힘
한번 써보지 못하고 두 쪽으로 갈라지고 말았다.

"아깝네. 저 걸레 문 입에 검을 처박았어야 하는데."

무감정하게 말을 한 레너드의 모습은 이미 그곳에 없었다.
또다시 누군가를 찾아 움직이고 있었기 때문이다.

"바람의 칼날!"

슈화아아악!

카라라! 카라라라랑!

"흐읍!"

칼라한 바이큰 국왕은 급격하게 뒷걸음질 치며 보이지도
느껴지지도 않은 칼날을 방어하였다.

'이건 뭐지?

칼라한 바이큰 국왕의 얼굴이 굳어졌다. 도대체 어떤 것인
지 모르겠다. 마법이라고 보기에는 마나의 유동이 전혀 느껴

지지 않는다.

자신은 마스터. 그 누구보다 마나에 민감하다.

그러한 자신조차 느끼지 못하는 공격이라니.

'대체 네놈은 무슨 수작을 부리는 것이냐?

마검사라는 것은 안다. 하나, 마스터와의 대결에서 마검사는 그리 효율적이지 못하다.

찰나의 순간에 모든 것을 걸어야 하는 결전에서 스펠을 해야 하고 마나를 유동시켜야 하는 마법은 그리 큰 도움을 주지 못하기 때문이다.

꾸우욱!

칼라한 바이큰 국왕은 자신의 애병인 둔중한 만월도를 고쳐 잡았다. 모든 감각을 개방하고 마나를 개방하였다.

대기가 떨렸다. 하지만 그러한 칼라한 바이큰 국왕에 비해 베르누크는 호수처럼 잔잔하기 그지없었다.

어떤 공격을 해도 모두 막아낼 것 같은 그런 모습. 그 잔잔한 모습에 불현듯 질투심을 느끼고야 마는 칼라한 바이큰 국왕이다.

'이 클레이투스 칼라한 앞에서 여유란 말이지.'

쿠구구구궁! 드드드드드!

대지가 울렸다. 막대한 마나의 유동에 대지마저 흔들리고 있는 것이다.

'대지의 갑옷! 불의 창! 난도질!'

베르누크는 대지의 정령과 불의 정령, 바람의 정령을 모두 다 소환하였다. 그들을 모두 한꺼번에 사용하여 할버드를 풍차처럼 휘두르며, 말 등을 박차 칼라한 바이큰 국왕을 향해 치달렸다.

칼라한 바이큰 국왕 역시 굳는 표정으로 다가오는 베르누크를 향해 전심전력으로 쇄도해 들어갔다.

그 둘은 이것이 마지막이라는 것을 느끼고 있었다.

이미 베르누크와 칼라한 바이큰 국왕의 주변에는 파이고 갈라진 대지로 난장판이 되어 있는 상태였다.

벌써 한 시간 가까이 전투를 벌여온 두 사람이다. 병사들 간의 전투 역시 이제는 서서히 그 마지막을 향해 치닫고 있었기 때문에 지금쯤 모든 것을 정리해야 할 때라는 것을 느끼고 있었다.

베르누크와 칼라한 바이큰 국왕은 급격하게 가까워지고 있었다.

주변에서는 그들이 보이지도 않았다. 하지만 서로를 향해 쇄도하며 공격과 방어를 계속하는 둘은 마치 시간이 느려지는 것처럼 표정의 떨림 하나하나까지 눈에 들어오고 있었다.

마지막을 향해 달려가는 둘의 할버드와 만월도.

그물처럼 펼쳐져 덮쳐오는 칼라한 바이큰 국왕의 모든 것을 그대로 온몸으로 맞아들이는 베르누크였다.

퍼버버버벅!

마치 무엇엔가 부딪치듯이 박혀드는 칼라한 바이큰 국왕의 칠흑보다 어두운 오러 블레이드.

그 많은 오러 블레이드가 베르누크의 전신을 두들기고 있건만 베르누크의 얼굴은 동요조차 찾아볼 수 없었고, 그에 반해 칼라한 바이큰 국왕의 눈동자는 더 이상 커질 수 없을 정도로 커지고 있었다.

무언가에 막혔다.

'마치 대지를 두드리는 것 같은 이 느낌은 대체 무엇이란 말인가? 벽이었던가? 마법이 아닌 또 다른 무엇이 있단 말인가? 어찌 그럴 수가?

수많은 상념이 그 찰나의 순간 칼라한 바이큰 국왕의 뇌리에 스치고 지나갔다.

그러는 동안에도 베르누크의 할버드가 다가오고 있다. 마치 할버드를 건네주듯이 아주 느릿했다.

자신의 가슴을 향해.

두근, 두근두근, 두근두근두근.

점점 빠르게 뛰는 심장.

그에 걷잡을 수 없이 커지던 베르누크의 할버드가 사라졌다.

푸화아아악!

지독한 고통이 발끝에서부터 머리끝까지 퍼졌다. 전신의 힘이 하나도 없이 모두 빠져나간 듯하고, 뼈라는 뼈는 모두 조각나는 것 같고, 근육이라는 근육은 모두 발라지는 것 같다.

"끄으으으."

그 지독한 고통을 참으며 칼라한 바이크 국왕은 고통이 퍼져 나오는 그 근원을 바라보았다. 서서히 붉게 물들어가는 자신의 가슴.

갈라지고 있다. 아니, 붉은 핏줄기가 할버드에 막혀 뿜어져 나오지 못하고 흘러내리고 있다.

멍하니 자신의 가슴에 박힌 할버드를 바라보았다.

부들부들.

투욱!

손아귀에 힘이 없다. 부들부들 떨리는 손으로 자신의 가슴에 박힌 할버드를 잡았다. 한 손으로는 도저히 뺄 수 없어 갑작스럽게 무겁게 느껴지는 만월도를 던져 버리고 남은 한 손도 할버드를 잡았다.

하나 힘이 들어가지 않았다.

전혀 힘이 들어가지 않았다.

할버드를 뽑기는커녕 숨까지 턱턱 막혀왔다.

이마에 굵은 땀방울이 맺혔다. 몇 십 년 만에 느껴보는 땀인가.

칼라한 바이큰 국왕의 고개가 서서히 들리며 할버드의 주인인 베르누크를 바라보았다.

"쉬고 싶은가?"

끄덕.

"그럼 쉬게."

마치 친구에게 속삭이듯이 다정하게 말하는 베르누크였다.

그가 칼라한 바이큰 국왕의 가슴 깊숙이 박힌 할버드를 뽑아 들었다.

푸화아아악!

그제야 꾸물거리며 흘러내리던 칼라한 바이큰 국왕의 가슴에서 피분수가 쏟아져 나왔다. 그에 희미하게 웃음 짓는 칼라한 바이큰 국왕이었다.

베르누크가 할버드를 뽑아 드는 순간 답답하게 막혀 있던 가슴이 뻥 뚫린 것 같은 느낌이 들었기 때문이다.

그때 칼라한 바이큰 국왕의 시선으로 하늘이 보였다.

푸른 하늘.

너무나 눈이 부셔 자신의 검은 눈동자마저 푸르게 물들어 버릴 것 같은 하늘이다.

‘푸른… 초원이 보고 싶군.’

투후우욱!

말에서 칼라한 바이큰 국왕의 신형이 떨어져 내렸다.

등이 떨어져 내리고, 가슴이 떨어져 내리고, 머리가 대지와 부딪쳤다.

허리가 꺾이고, 엉덩이가 부서졌고, 대지를 굳건히 버티고 섰던 다리가 떨어져 내렸다.

모든 것이 끝났다.

칼라한 바이큰 국왕은 죽었고, 그 순간 베르누크와 칼라한 바이큰 국왕이 싸우던 주변의 기사들과 병사들은 크게 함성을 내질렀다.

폴라리스 왕국군은 칼라한 바이큰 국왕이 죽었음에 커다랗게 승리를 알리고, 용기백배하여 바이큰 왕국군을 몰아붙이기 시작했다.

베르누크는 그러한 그들을 바라보았다.

베르누크의 시선에는 아직도 시간이 아주 느리게 흘러가고 있었다.

검광이 충천하고 마나가 요동치건만 그 가운데 오롯하게 선 베르누크의 시선은 여전히 눈을 감지 못하고 죽어 있는 칼라한 바이큰 국왕의 얼굴에 박혀 있다.

“언젠가는 나도 너와 같이 누울 것이다. 그러하기에 당장

오늘 죽을 것 같이 살려 한다.”

대지에 신형을 눕히고 죽었던 칼라한 바이큰 국왕이 앙천 광소하는 모습이 보인다. 그에 피식 웃어버리는 베르누크였다. 이미 죽은 자가 웃을 리는 없으니 말이다.

“웃지 마라. 넌 죽었고 난 살았으니. 너는 패했고 나는 승리했다.”

다시 현실로 돌아왔다.

시간이 다시 정상적으로 흐르기 시작했다.

베르누크는 자신의 애병인 할버드를 높이 치켜들어 외쳤다.

“나는 대 폴라리스 왕국의 국왕 베르누크 아이젠 폰 캘리노스 폴라리스다! 바이큰의 국왕인 클레이투스 칼라한이 내 손 아래 죽음에 병사들이여, 소리를 지르라!”

“우와아아~! 적에게 죽음을!”

그것이 시작이었는가 보다.

그렇지 않아도 우세하게 진행되던 전투가 급속하게 폴라리스 왕국으로 기울었다.

“승리를 원하는 폴라리스 왕국의 병사들이여, 승리를 노래하라! 그 앞에 바로 짐이 있을지니 짐을 따르라!”

“추우우웅!”

그날,

바이큰족이 세운 바이큰 왕국은 무너져 내렸다.

머리를 잃은 뱀은 지리멸렬했고, 마침내 무기를 던지고 항복을 해오기 시작했다.

바이큰족의 압제에 신음하던 귀족들 역시 앞을 다투어 폴라리스 왕국에 투항했으니, 네 개로 갈라진 왕국은 이제 세 개의 왕국으로 다시 서게 되었음은 물론이다.

그에 대륙의 식자들은 폴라리스 왕국의 국왕을 칭송하기 시작했다.

어떤 이는 세 개의 왕국이 다시 한 개의 제국이 되는 날이 멀지 않았다고도 했고, 어떤 이는 오직 폴라리스 왕국만이 제국의 적통이라고 떠들기도 하였다.

하지만 세 왕국의 생각은 달랐다.

너무나도 커져 버린 폴라리스 왕국.

자신들의 의도대로 흐르지 않는 정국.

히르센 왕국과 이스턴 왕국의 시름은 점점 깊어만 갔다.

『나이트 킹』 6권에 계속…

독보행
獨步行

임영기 新무협 판타지 소설

FANTASTIC ORIENTAL HEROES

그날, 심산유곡에서 수련하던
한 명의 소년이 강호로 내려왔다.

모든 이가 소년을 비웃고,
모든 무사가 그를 깔봤다.

소년은 흔들리지 않는다.
"이 천하를 독보(獨步)하리라!"

한번 시작한 걸음, 결코 멈추지 않으리라.
천하여! 무림이여!
대무영(大武英)이 간다!